修訂版

跳蚤醫院手記

澎湖醫生的妙聞奇遇

林義馨 著

〈推薦序〉

天山雪蓮

國立陽明大學醫學院教授 宋晏仁

林義馨醫師是我大學隔壁班同學，個子小小的，長得很可愛，卻很有個性。當時我們甲班男生暗地裡叫她「小魔鬼」，除了指她的個性之外，也是說她有「魔鬼般的身材」。誰知小魔鬼後來竟然做了外科……那年頭女生走外科是非常少見的，果然是魔鬼性子。她後來「內銷」給我們班盧尚斌同學，夫妻兩人都是乒乓球校隊，都是外科醫生，一起到澎湖打天下，算是我們班定居「海外」的先驅。

金庸的小說常出現這樣的情節：某人受了傷，吃下天山雪蓮便好了；後來另一人也受了傷，先前那人就把剩下的雪蓮給他服下。東方文化裡，「藥」被當成食物的一種，任何人都可以吃。現代醫學所使用的藥物，卻是經過化學方法高度純化的，不僅不是食物，服用不當，尚可能中毒。海外有仙山，小魔鬼果然把澎湖醫院搞得不同凡響。跳蚤醫院手記，寫得竟如金庸小說一般，書中病人、病人家屬彷彿武俠小說裡的各路英雄好漢，把藥物當天山雪蓮，分贈親友者不乏其人，讀來不覺莞爾。義馨，算妳厲害！

讀義馨的跳蚤醫院手記，使我想起劉鏞先生出過的一本書，叫做《我不是教你詐》，寫的是醫院、醫師如何可能誤診、誤醫，我推薦它為醫學倫理的優良教材，醫師們都該讀一讀，好知道病人是怎麼想的。義馨的這本「武俠小說」，我則想推薦給「病人」……可憐可憐醫生們吧！醫療是一門高度專業的行業，面對的是身體損傷甚至生命危險般的高風險業務，卻以如同「手工業」般的勞務型態來操作，超長工時的值班，高壓力的工作環境，整夜忙碌之後，如果遇上了跳蚤醫院裡的寶貝病人，真會令很多醫生變成小魔鬼的。

幾年前一位學長被病人氣得大呼「醫生要有醫德，病人也要有病德」。所謂「醫病關係」，其實是醫生、病人兩邊都要共同面對與經營的關係。醫生站在專業知識的高度，面對病人應秉持慈悲平等的態度，並且以尊重生命的襟懷，謙卑地診視病人；病人則應該以尊重專業的立場，遵從醫生的專業判斷。

《跳蚤醫院手記》，也是一本醫學倫理的有趣讀本。套一句年輕人的話：推！

〈推薦序〉

離島醫生女怪傑

日本文化達人　茂呂美耶

說起我跟ＬＹＳ之間的交情，最初只是同為愛狗族網友一員而已，不知不覺中，我們竟已成為十多年來的老朋友。

自從我學會上網，並且在九七年透過網路留言版與台灣網友直接對話以來，我認識了數不盡所謂網友身分的人。不過，老實說，能夠從網友身分晉升為朋友交情的，確實少之又少。扳指算來，大概也不足十個。

然而，我跟ＬＹＳ之間的交情硬是可以維持到今日。這點連我也出乎意料之外。我們都不是那種只透過網路交談便可以一見如故的個性，加上生長環境不同，以及台灣與日本之間的時空、文化差異，還有年齡、人生閱歷等因素，對我來說，我不可能只因為語言相通、所見略同便跟對方成為麻吉。

事實上這十多年來，我也交過不少看似很投機、私底下交情很親暱的網友，只是，我跟這類網友之間的關係通常無法持久。就同口香糖一樣，剛嚼完時粘度很強，最終仍會脫落。

我曾經分析過原因，得出一個結論：或許正因為我跟ＬＹＳ之間始終保持適度距離，如同孔老夫子所說的「君子之交淡如水」那般，才能不冷不熱地細水長流。

第一次知道ＬＹＳ的職業是外科醫生時，我才恍然大悟她在留言版的用詞為何那麼理性兼中性。起初，我甚至以為她是男性，否則用詞怎麼可以那麼情緒抽離、冷凝？當然我並非指世上所有男性都很理性，根據我長年來的經驗，隱蔽身分在網路上大肆攻擊別人、爆發情緒的人，大部分是男性，而非女性。

因緣際會，我在自己開設的「日本文化物語」網站陸續發表ＬＹＳ寫的離島醫生手札時，由於每次必須仔細讀她的文章，這才發現她終究是個女人，有幾篇文章寫得非常細膩，更有幾篇是非人母立場絕對寫不出來的文章。

這回聽她說，有出版社願意把她的文章結集成書，我打心底為她鼓掌喝彩。畢竟她以醫生眼光所寫的這些文章，跟其他同樣以醫生身分寫的散文集，風格完全不同，值得問世。

該怎麼形容呢？我覺得大部分醫生所寫的散文都是單行道式文章，就跟電視一樣，觀眾只能全盤接受，要不然乾脆轉台。但ＬＹＳ雖然同樣描述醫院中大小物事，用的手法卻是俯瞰式，彷彿實際在診所為病人看病的人是她，而診所天花板角落又有另一個冷眼旁觀她跟病人之間互動過程的她。另一個特色是，她在文章內不說教，不提什麼人生大論也不提什麼生命尊貴等陳腐主題，只是淡然地平鋪直敘出診所內的事件，字裡行間留有餘白……這些餘白，就得讓讀者自己去填寫了。

〈作者序〉

從跳蚤醫院説起

林義馨

說起這間醫院，雖是矮矮兩層樓舊建築，來頭卻不小，已有百餘年歷史。從清領時期廟宇改建開始，經過日治時代與國民政府經營，和民國四十七年與七十六年兩次大翻修，至今仍不斷整修擴建中。

屋子雖老，設備卻經常更新。原因無他，海風鹹、鹽分重，就算精鋼也撐不過三五年。以宿舍前方那塊近一公分厚的鋼板來說，剛安上去時烏黑發亮、厚重結實，才年餘就已鏽蝕斑斑，從四邊開始碎裂。不過兩年光景已化成滿地斷片，再也認不出原始面貌了。就是這種風，吹得熱水器鮮少撐過三年，儀器也故障頻傳。

徹底瓦解卻尚未到達使用年限的機器，縱橫交錯偏又處處淤塞的水溝，隨遇而安還拚命增產報國的貓咪，蔓草叢生彷若山野林間的庭院，這些通通加起來，孕育了跳蚤繁衍的溫床。

曾有一次，我站在走廊上和病患聊天。聊著聊著不自覺往手臂看去，正好目睹一隻跳蚤，從不知何方空降到我的前臂，準備開懷暢飲。還有一次坐在護理站寫病歷，眼角餘光卻瞄到右前方桌面，一隻跳蚤正奮力地跳向我，打算飽餐一頓。隨著跳蚤的每一跳，我緊繃的神經震撼著，只剩下耳朵傳來幻想的咚咚咚聲，越響越大。

雖然冬有寒風夏有酷暑，這裡的民眾卻比台灣友善。許多氣到七孔生煙的小插曲，等事後氣消了，回想起來時還真令人回味無窮。

目錄

根據傳說，你拿鐵鎚在雷龍尾巴末端重重的敲一下，牠要隔三秒鐘才會感到疼痛。
這是因為原始生物的神經傳導速度比較慢，而恐龍的身體又長得很長。
有些人雖然具有現代人的身分，可是神經配備似乎還很原始，與常人迥異……

若把醫術比喻為藝術，超音波檢查就是一首芭蕾舞曲，舞台設在患者身上，拿探頭的手在翩翩起舞，不過這是獨舞，既沒觀眾也無配樂。

診問看世事

他從不抱怨，因為喉嚨的開口與協助他呼吸的管子妨礙了說話的能力。
當護士翻動他，幫他的臀部清創時，
沒有哀嚎也無掙扎，癱瘓的下半身是沒有感覺的，
而手臂打針時，那種疼痛還不及心頭之痛。

懸壺在西瀛

人有自癒能力，這算是上天幫人類買的保險吧！
但上天買的保險不是全險……

神奇的藥

某天，一位阿婆進入診間，一進門就向我道謝：「醫師啊！上次妳開的藥真有效，我一吃就很輕鬆，所以今天特地再來找妳看病，想多開一些。」我翻翻病歷，上次主述背痛肩痛等老人病徵。接著她站起來到外面拉了另一位婆婆進來說：「這是我鄰居啦！阿就是因為藥有效，所以把她邀來一起看病。」（本文阿婆的話最好以台語來想比較傳神）

第二位婆婆說：「醫師啊！妳的藥有效喔，我平日腸氣多，便秘失眠脖子硬，也是讓妳一醫就好。」

第一位婆婆接著說：「對啊！上次跟妳說的下身重重，大便硬硬，經常從這個腰酸到屁股再麻到腳，再從腳又跑到脖子，脖子一硬就頭暈眼茫耳朵叫，快中風的型，然後阿那個頭痛睡不著，火氣大，變成口乾口苦心頭緊緊，又從……」趁阿婆敘述病情時，我偷看了一下記錄，病歷只記載關節炎與便秘的資料，哪來那麼多病況？再查看另一位阿婆的病歷，初診，我從未看過她。

我問第一位婆婆說：「等等，妳上次是X月X日來給我看的？」

「對啊！」

「而她（第二位）是第一次來，我還未看過？」

「是啊！」

（接著我心虛的問，以為上次看錯病了）「那妳上次好像不是看這些不舒服嘛！好像只是說腰痛痛到腳，膝蓋痛蹲不下來，所以大便不好解，其他症狀都沒提到。」

第一位婆婆說：「沒錯啊！我就是坐月子身體沒養好，才帶了這麼多年的老症頭，年輕不知，到老才發作，阿經常腰子不好膀胱無力，再來就背痛脖子緊……阿妳開的藥才吃兩三天就都好了，剩下的藥很可惜，我就拿給她（第二位）吃。因為她也是沒好好坐月子引起的肚內風兼抽頭風，阿同樣也是吃藥見效。她還分兩包給感冒感了兩星期沒好的孫子吃，一吃燒就退了……」

「停！」我大喊。「妳到底還把藥分給誰吃？」

第一位婆婆說：「沒別人了。我大媳婦白帶多，給她吃兩次說沒效就不再吃了。醫師啊！可不可以再多開幾天藥？」

「妳不是已經吃好了？」

「好了是好了，但這種老毛病三、五天還會再發作，想多拿幾包擺在家裡準備著，若不舒服再吃。而且我第二個媳婦經常腰酸背痛又沒時間來看病，想順便……」

花了一番工夫，總算讓病人瞭解藥不能亂分給別人吃。至於我的藥治不了那麼多種病這件事，已經沒力氣說明了。

我轉向第二位婆婆：「那妳呢？今天要看哪裡？」

第二位婆婆說：「免看啦！她的藥吃有效，阿妳就照開同款的就好了。」

「可是妳的症狀相同嗎？」

第二位說：「當然相同囉，不然她的藥我怎麼敢吃！」

「將妳的症狀說來給我聽聽。」

婆婆：「我也是年少操勞，坐月子還要洗全家的衣服，三十幾歲又出車禍撞到頭，生活艱苦沒時間醫，帶著暗內傷。到現在舊傷若發作就從心肝頭跑到腦。阿腰子也不夠力，害我常常這裡酸那裡抽，沒一日輕鬆。阿可憐我苦命一世人，又碰到兒子媳婦不孝，常惹我生氣。我若受氣就肩膀緊脖子硬，接著就喘不過氣，頭殼發燒，症頭就來了。平日牙不好，只能挑軟的吃，吃多就一肚子空氣不消化，晚上手腳冰冷睡不好……」

我提醒她：「可是，妳們倆的症狀不太相同啊！」

兩位婆婆同聲說：「一樣啦！都是坐月子帶來的。」

我幫第二位婆婆檢查了一下，主要還是便秘加上一些身心症狀，就開藥給她。

第一位婆婆問了：「那我呢？上次開七天，阿這次開兩、三個禮拜的藥給我好嗎？」

我：「可是妳不是說好了？」

婆婆：「好是好了，但是妳也說過這種老人病無法斷根，以後還會發作，沒先拿些藥回去擺著，發作時就沒藥了。我又住得遠，到醫院不方便……」

「等真的發作再來看病如何？每次病情不一定會一樣嘛！而且藥放久會壞，有時藥量還要調整才不會出問題……」

第一位婆婆：「醫師我跟妳講，這種病我已經帶幾十年了，病情我比妳還清楚，每次發作都差不多。阿這樣好了，兩個禮拜不行，那麼開一個禮拜好吧！我吃這麼老了，有問題自己負責，絕不會賴到妳身上。」

「妳如果真的不方便，我可以開兩天藥讓妳預備著，但是現在沒症狀，真的不應該吃藥。」

「醫師啊！妳就看在我乖乖聽妳訓話訓了半天的分上，開五天給我好了。」

我強調：「只能兩天。」（其實我心裡一直犯嘀咕，擔心她又把藥丸當糖果分。還不知道她有幾位女兒呢……）

婆婆：「那……四天如何？我絕對不再拿給其他人吃了。而且我今天不是幫妳介紹病患來了嗎？」

我堅持：「兩天就夠了。兩天吃沒好就要趕快再來看病，怕有什麼變化。」

婆婆：「三天好了！拜託嘛！我坐公車嘛要半小時才能到呢！我一定將藥放在冰箱，不會壞的。醫師妳看起來是好人，算是給我幫助好了。三天啦！就這樣說定了。」

我只好妥協開三天份，並告訴她，若是經常發作的人，兩、三個禮拜的藥都可以開；但她的病情不同，不需要吃那麼久，多拿是浪費，又怕變質。

第一位婆婆：「好吧，三天也好。反正我上次才吃兩天病就好了。這次藥比較少，我要省著點吃，不能再分給別人了。」

兩人道謝離去。從此她倆未再回診。我不相信這是因為藥效神奇的緣故……

術前禁食（NPO）

門診有位病人必須動個小手術，因為要上全身麻醉，所以我約她隔天再來住院開刀，還叮嚀她要空腹前來，午夜之後就不能吃東西，臨走前還特別交代早上來的時候千萬別吃飯。

隔天家屬陪病人來了。我問她有沒有吃飯。

「沒有。」

「現在要幫妳打點滴讓妳不餓。」

「我現在不會餓啊！早上才剛吃飽的。」

「不是告訴妳不能吃東西嗎？」

「我只記得說，妳叫我不能吃飯，所以我早上就改吃麵線。厚！那碗麵線貴又難吃，害我到現在胃都還脹脹的不消化，平常吃稀飯都沒事……」

我無奈地轉向家屬：「你昨天也在場，也聽到了，為什麼沒有提醒她？」

家屬：「她說不吃飯就沒關係，我哪知道！」

我只好跟病人解釋：「阿婆啊！是叫妳什麼東西都不要吃，才能麻醉開刀，現在只好等明天再開了。」

阿婆：「不能吃飯？不能吃麵？那吃饅頭沒關係吧！」

「不行，通通都不能吃，連水都不能喝，懂嗎？」
阿婆與家屬齊聲說：「好啦，我懂了！」
臨走前護士還把家屬拉到一旁叮嚀說：「你可要看好她，過了半夜什麼都不能吃喔！」

隔天一早他們再來一趟。正在簽同意書時我又問了：「今天真的都沒偷吃吧？」
阿婆：「沒有沒有，飯啦、麵啦、包子啦、饅頭啦，什麼都沒吃。」
「連水都沒喝嗎？」
「真的連水都沒有喝。」
家屬也接著說：「我有在盯她有沒有偷吃東西的。」
「那先去抽血，等一下要打針。」
阿婆：「稍等一下，早上喝牛奶害我尿多，我要先上廁所再注射。」
「咦？妳不是說沒吃東西也沒喝水嗎？」
「是啊，但是牛奶不是『用吃的東西』也不是水，妳又沒說不能喝牛奶。」
「可是就算沒提到牛奶，也有告訴你們要餓著肚子來才能上麻醉啊！」
家屬囁囁地解釋：「大概是她早上趁我出門沒注意時偷喝的。」
阿婆理直氣壯地辯駁：「肚子餓了本來就該吃東西的。」
不想一延再延，我只好無奈地妥協：「反正都已經來了，就不必再拖了。先住院開始餓肚子，別偷吃偷喝，等到下午三點左右，超過六小時，牛奶大概消化完了再動手術吧！不然明天再跑一趟大家都累。」

阿婆：「夭壽啊！已經餓了一個晚上，還要再餓到下午，想要餓死我是不是？我不開了！」轉頭對家屬說：「來，我們回家不開刀了，要餓到下午，不等開刀早就餓死了。」

家屬沒輒地望向大家。

護士跳出來打圓場：「阿婆啊，妳的病早晚都要挨這麼一刀的，回去也是拖，跑不掉的。現在既然已經餓那麼久，乾脆多等幾小時，反正開完刀就能吃了不是嗎？」

阿婆：「不要不要，我……」

護士：「我跟妳說，我們會幫妳打營養針喔，是那種外面一瓶收五百元的好針，不花妳半毛錢，打了就不會感到餓，真的不會餓的，不信妳打打看。」

阿婆：「打營養針喔……不花錢喔……好吧，既然妳說不會餓，那我就試試看吧！可是開完刀就能吃東西了嗎？」

我連忙保證：「開完後，只要清醒了就讓妳吃。」

阿婆：「好吧，就這麼決定。不過我跟妳說，只要讓我餓到了，我就馬上回家不開了。」

大家齊聲：「一定不讓妳餓到！」

只麻上半身

為了選擇哪一種麻醉方法，經常要向病患解釋老半天。

有一次，某位患者因為頸部長瘤要開刀，不適合施行局部麻醉，於是建議她改上全身麻醉。

病人要求了：「醫師啊，我不要全身麻醉，我要半身麻醉。」

「啥？半身怎麼麻？」我不解地發問。

「阿就麻上半身，下半身不必麻嘛，就這麼簡單。」

「為什麼不肯做全身？」

「阿就因為全身吃的藥比半身多。你們醫生不是常說麻藥吃多了不好的嗎？」

以前遇到這種狀況，我還會拚命解釋沒有只麻上半身這種麻法。有麻一隻手、一隻腳的，也有只麻下半身的，再來就是全麻了，可是病患都很難接受這種解釋。

這位患者素來就很頑固，真要詳細解釋也講不通，因此突發奇想，這樣回答她：「好啊，我們就只麻上半身，下半身不麻。」病人高高興興點頭同意了。

手術進行得很順利，可是病患清醒後就劈頭責怪我：「醫師啊，妳騙我！妳不是說只麻上半身嗎？為什麼我的下半身也麻掉了？」

我很好奇。麻醉的藥效早就退了，她不應該覺得下邊還在麻啊！難道開刀傷到神經，讓下肢產生麻痺現象？可是她雙腳又動得很正常。於是我問她：「妳怎麼知道下半身有沒有麻醉到？」

她嘟著嘴抱怨：「因為開刀中我都不知道下半身在哪裡，所以妳一定是偷偷給我麻了。」

我鬆了一口氣，這個疑問比較好解決。

「很簡單，因為妳的腦袋長在這裡（比比她的頭），屬於上半身，所以幫妳上麻醉時要一起麻掉，才能讓妳不感到痛。腦部既然麻醉了，就像睡著了一樣，當然不知道腳發生了什麼事。其實腳又沒幫妳麻到，只是妳連人都睡著了，當然不知道腳在哪裡了。這就跟平日睡著了一樣，懂了嗎？」

「喔……原來如此……」她沉吟了幾秒鐘：「那麼下次要做上半身麻醉時，只要幫我麻到頸部就好了，頭不必麻，不是更省麻藥又更安全嗎？」

這下我轉不過來了，只好跟她打哈哈：「還講下次！從此身體健康，都不要開刀上麻醉了不是更好！」

她高興地說：「對對對，從此健康、健康。醫生啊，這就要託妳的福了。」

音樂的療效

情緒與環境是互動的。

開刀房的氣氛通常都很緊張，所以許多醫生喜歡邊開刀邊播放音樂，既可讓手術輕鬆進行，也可以轉移病患的注意力。

有時候音樂帶壞了，或是臨時找不到合適的音樂，只好在無聲之下動手術。這時候旋律會自動從腦海中跑出來，往往開到一半就不自覺哼出聲音。

某天開刀時，我就找不到合意的音樂，只好「靜悄悄」地動手。手術開始沒多久，病人抱怨了：「醫生，能不能請妳開刀專心點，聽妳邊哼邊開的，會不會出問題啊？」

原來是音樂細胞在作怪！我笑了笑回答他：「你大可放心啦！音樂是幫助手術順利進行的。如果開得很順利，我就會哼著歌，所以當你聽到聲音時就可以放一百個心，表示開得很順利；如果碰到真正困難的時候，我都不出聲的，你反而要緊張囉！」

「喔……那我就放心了。」病人恢復了放鬆的心情。

過了幾分鐘，發現患處黏連很厲害，越開越困難，越開越緊張，眼看著血一直冒，汗一直滴，我的歌聲也越哼越小，到最後終於沒聲音了……

過沒多久，病人小聲發問：「醫生啊，真不好意思，請妳別生氣喔，要哼歌的話儘管哼，不要因為我講了就不敢出聲音。現在聽不到妳的聲音，反而害我好緊張，以為開刀出了問題……沒有問題吧醫生？我看還是拜託妳繼續唱吧。」

大夥兒原本緊繃的面孔，一下子都放鬆了。雖然還是開得不太平順，不過為了安撫病人的情緒，我又開始哼著歌曲。果然他回復到先前放鬆的姿勢，平靜地躺著，還不自覺配合著我的旋律哼著。

隨著音樂進行，眼前豁然開朗，手術變得容易起來，沒多久就順利結束了。

我沒有要幫妳開刀

這位老阿婆，因為膽囊卡住一顆石頭引起發炎化膿，半夜痛哼哼的，抱著肚子被送進急診室。家屬緊張地說明經過，病人也豎著耳朵專心聽著。

家屬說：「上次發病，超音波照出石頭之後，醫院就建議她開刀，可是……」

病人大喊：「我不要開刀！」

家屬轉頭對她說：「沒有要開刀啦！」

看來像她兒子的那位家屬繼續對我描述：「當時我們都簽好同意書了，可是……」

病人又叫了：「你們又想害我痛死？我跟你說過，死也不開刀！」

家屬再度安慰她：「沒有啦，我是在跟醫師說妳上次不肯開刀的事，沒有叫妳開啦！」

「沒有就好，不要背著我偷偷的做！」

「我哪敢。」家屬對我使了個眼色，轉頭對阿婆說：「我出去打電話給阿記。」

一出診間，家屬就擺手招我過來，壓低了聲音說：「醫師啊，剛剛很抱歉，我媽媽是怕開刀出名的。上次被她發現了，堅持不肯開，鬧了整晚，天還沒亮就拉著我父親跑回家。害我們在醫院找半天，以為她躲起來了。最後沒辦法，只好辦出院，讓她到附近診所打針。

「說也運氣好，打了兩天針之後，病況竟然好轉，連醫生都不敢相信！不過那回就被告知了，這種病還會再發的，不可能靠打針斷根。這次其實已經痛三天了，可是她為了怕看醫生，拚命忍著不說，大家在賺錢做生意也沒注意到，直到她最鍾愛的小兒子從台灣回來才發現。看來，這次大概逃不過了。」

「你們在外面碎碎唸什麼？是不是又要抓我去開刀？」阿婆聽到了開始抗議：「我告訴你們，八年抗戰我撐過，草根樹皮也不是沒啃過，當年被日本鬼槍砲的破片劃了一個大口子，也是自己敷敷草藥就好，軍隊的醫生想幫我縫，我都不給他縫。你們若是想打開刀的主意，門都沒有。」

我趕緊安撫她：「沒有啦，妳兒子是在說妳好勇敢，上次發作都不唉的，他在說妳膽子這麼大，做個小檢查一定不怕，也不會逃避的不是嗎？」

「我當然不會怕，家裡就屬我膽子最大。」阿婆豪氣十足地說。

護士拿了件藍衣服過來：「阿婆，來換手術衣。」

「不是不開刀，換什麼衣服？」

「沒有，我們沒有要幫妳開刀，只是因為發炎很厲害，需要做個檢查而已。」

「那為什麼要換衣服，還說什麼換手術衣？」

我向旁邊的護士使了個眼色：「不是手術衣啦，是做檢查的衣服。因為檢查要換衣服才不會弄髒。妳看妳身上這件衣服多漂亮，若是弄髒了洗不乾淨，多可惜啊！」

「對啊，」阿婆眼睛亮起來，「妳也注意到了。這是小兒子從日本買回來的，我還特地換了這件穿過來的呢！你們想得真周到。那就幫我換吧。」

護士：「阿婆打針。」
「打什麼針？」
護士：「消炎的啦！」
「不是打麻醉針？」
護士：「怎麼會？我又不是麻醉醫師，怎麼幫妳打針？」
「那沒有就好。」
護士：「好了，我現在推妳去開……開始做檢查啦。」
阿婆：「嚇我一跳，以為妳要騙我去開刀！我警告妳喔，沒經過我同意不能把我抓去開刀！」
護士：「安啦！」
等進了開刀房，麻針一打，她立刻呼呼大睡。睡醒時已經開完送回病房了。
隔天我是硬著頭皮去查房的。果不出所料，一進門就被她劈頭大罵：「妳不是答應不開的嗎？怎麼騙我？」
「哪有開刀？」
「這不是開刀是什麼？」她翻起衣服，指著肚皮上的紗布。
「這……這是檢查完包紮用的。做檢查需要嘛，難免有點小傷口。」
「不是開刀怎麼會這麼痛？」

「啊……妳那膽囊發炎得很厲害，妳也不是不知道，這次比上次厲害，當然會比較痛。」

「喔……是這樣……」

「藥換好了，明天再來看妳。要早點下床走動。」

她恢復得很快，沒兩三天就能下床到處串門子了。

術後第五天，她趁家人不在，神秘兮兮地把我拉到一旁問道：「你們那天還是偷偷幫我開了刀吧！」

「阿……這……嗯……」

「不必騙我了，我孫女不小心說溜了嘴，已經告訴我了。我也不能怪你們，大家都是為我好才這麼做的。其實我也是因為害怕，怕痛不敢開刀，所以三番兩次發作都硬忍著。沒想到開刀這麼輕鬆，三兩天就能走動了，早知道開刀這麼簡單，恢復得這麼快，我也不會痛那麼多次，早早就跑來了。」

我還會痛

病人很年輕，在豪飲之後騎車不慎，摔斷了腳，今天要開刀。

上完半身麻醉之後，照例要測試麻醉效果好不好。測試方法就是拿把夾子在患者身上輕輕夾下去，或以針頭小力的刺著，也有人用手捏捏看或掐掐看痛不痛。如果腰部以下的疼痛感消失，就是麻好了；如果連肩膀都麻掉了，就是「太高」了，會影響到呼吸。於是我拿起蚊式鉗開始測試。

「這邊痛不痛？」

「會痛。」

「這邊痛不痛？」

「會痛。」

「那麼這邊痛不痛？」

「會會會會會！醫生啊，妳麻藥打得不夠，我都還會痛。」

「別那麼誇張好不好？我剛剛才只有拿著器械碰碰你，都沒用力，你怎麼可能會痛？」

「對不起，我看妳手在動，雖然沒有感覺，可是我以為應該會痛……」

「不要胡謅了，真的會痛再講痛。」

「喔……」

我重新測試。

「右邊痛不痛？」我夾夾他的右胸。

病人不吭聲。

「那麼左邊痛不痛？」我夾夾他的左肩。

病人也不吭聲。

「那麼中間這邊痛不痛？」我夾夾他的脖子。

病人皺皺眉頭，但依舊不吭聲。

「拜託你好不好，痛就是痛，不痛就是不痛，不要騙我。這上頭根本沒有上到麻醉，我就不相信你不會痛。」

「哎呀！會痛的啦！我想才一點小痛，應該不必告訴妳，免得妳認為我太緊張。」

「麻煩你老兄，不痛就講不痛，小痛就講小痛，大痛就講大痛，不要再玩猜謎遊戲了好不好！」

終於溝通完畢。當確定麻醉高度正常，也達到預期效果之後，總算可以開始了。

開刀時為了怕細菌感染，會在消毒之後鋪上幾塊滅菌的布單，並以「夾布鉗」將布單彼此夾住以免移位。布單才固定好，病人就開始哼。

「別那麼敏感，都還沒開始咧。」

刀子拿起來，手一放到他身上……

「痛……痛……」

「你不要那麼緊張好嗎，我還沒下刀。」

「可是……」

「不要吵，忍著點。」

皮膚劃開了，還沒繼續，卻見他一直抖。

「到底是哪邊不舒服？」

「就是痛啊！」

奇怪，剛剛測驗不是都不痛了嗎？可是他這次的表情不像在騙人。

「我再幫你測看看吧！這邊痛不痛？」我拿「有齒鑷子」夾夾傷口左側。

「不痛。」

我拿鑷子夾夾傷口右側再問：「那麼這邊痛不痛？」

「不痛。」

「既然都不痛，你還鬼叫什麼？」

「是……是……就剛剛鋪單子的時候護士幫我打了一針，好像漏針了，現在打點滴那邊一直在痛啦……唉呀……」

罔市

「盧林罔市，二十七號，盧林罔市……」

兩位婦女同時由候診椅站起來，一起走進來。在前面的是位約六、七十歲的老婦，後頭跟著四十多歲穿著花洋裝的婦女。

進來之後，年長那位率先坐下來，年輕那位站在她後面。

「妳叫盧林罔市，掛二十七號？」

兩人異口同聲說：「對。」

「怎樣不舒服？」

兩人異口同聲回答：「腰痛。」

年長那位轉頭看看後面，年輕那位對她笑了笑。

婆媳吧！媳婦帶婆婆來看病，很溫馨的畫面。

「腰痛多久了？」

「一、二十年了。」後面那位搶先回答。

年長那位接著話說：「對，前後算起來有一、二十年了。」

「痛在哪邊？」

年輕那位比了比左邊的腰際。

年長那位回答：「阿我左邊的腰從生產後就斷斷續續在痛，起先還好，不太常痛，前幾年一次車禍沒摔死，卻閃到了腰，從此每逢變天就發作。」

我翻翻病歷：「妳上次做過檢查說有骨刺，還吃過藥，有好一點沒有？」

「有啦，吃藥都會好一點，然後我就能去菜園澆水、拔草、挖土，可是才做不到兩天又痛起來了。」年長的那位回答我。

後面那位欲言又止。

「妳上次還給內科照過胃鏡，說有潰瘍，拿過藥……」

「阿對啦，我的胃一向不好，醫生開的藥吃了都有效。」

我又翻了翻，「還有，前幾天妳還來掛急診看拉肚子，開了藥吃，今天有沒有好一點？」

「我哪有拉肚子？阿我攏是便秘不通的！」

「便秘？可是病歷上明明寫著妳前天來……」

「阿我今天才第一次來。」

「妳叫盧林罔市？」

「對啊！」

「住在草蓎尾？」

「對啊！」

「掛二十七號？」

「我家不住二十七號！」

「我是問妳是不是掛二十七號？」

「阿我哪會知道我是掛幾號！」

這下我才注意到，二十七號那位是民國六十幾年生的，眼前這位已七十多歲了。

「阿婆，再問一遍，妳說妳叫盧林罔市？」我提高音量。

「對啊，我叫吳李罔市。妳已經問過兩次了，我的耳朵又沒聾。」

「我現在叫的是『盧林罔市』，不是叫『吳李罔市』。」

後面那位緊張地說：「盧林罔市是我。」

「那妳剛才怎麼不告訴我？」

「我看妳跟她講得那麼起勁，想說就讓老人家先看好了。」

「妳們互不認識？我還以為妳是跟她一起的。」

兩人都搖搖頭。

我對著年輕那位發問：「那妳也住草蓆尾？」

「是啊。」

「也看腰痛？」

「對。」

「也是左邊痛？」

「沒錯。」

「這麼湊巧！」

兩人不約而同笑了出來。

「阿婆，拜託一下，掛號單讓我看看妳是幾號……天啦，妳掛四十九號，還很後面……妳剛剛才掛的吧？」

「阿我第一次來，也不知道該怎麼看，人家就帶我去掛了號。阿我問他，那位掛號先生叫我到外科，阿我一進來就聽到有人在叫罔市，阿我就進來了……醫生啊，妳怎麼那麼神，我才第一次來，妳就知道我長骨刺，還知道我胃不好……」

「幫幫忙，阿婆，這本是後面那位的病歷，我剛剛以為妳是她……」

年輕那位插嘴說：「我上次吃過藥很有效，今天只要拿藥就好了。還有，已經不拉肚子了。」

「阿婆，妳先在外面等，號碼到了再看好嗎？」

「不必那麼麻煩吧！反正症狀都相同，既然她吃了有效，那妳就照樣幫我也開一份好了。」

※書中所有的姓名與地址都已更改，以保障當事人隱私。

五顏六色的藥水

腳上一個不太淺的擦傷，有著鮮豔的紅色。

「受傷多久了？」

「剛剛受傷的。」

「誰幫你抹的藥？」

「車行老板看我摔倒，就好心幫我上藥。怎麼樣，抹得不夠嗎？」

「紅藥水在國外已經幾十年沒有人在用了，消毒力不夠，又讓人無法評估傷口狀況。」

「那我已經抹了怎麼辦？」

「我先幫你清洗一下包起來，明天再回診。」

隔天病人走進來，包得漂漂亮亮的敷料不見了，傷口一片深紫。

「你怎麼變成這樣？是敷料掉了，髒了，還是弄濕了？不是告訴你，要保持乾淨，不可以碰水的嗎！」

「我沒有碰水，也沒有弄髒。」

「那幹嘛拿掉敷料？」

「我老媽說，傷口包著會爛掉，所以幫我把紗布拿掉。」
「那也不會搞成一片深紫啊！」
「我看傷口一直出水，想說紅藥水不能塗，就改塗紫藥水好了。」
「那你都自作主張了，還來看醫生幹什麼？」
「就是因為傷口一直流湯不乾，不來也不行。」
「你這傷口比較深，要三、五天才會乾，太早打開的話，蚊子、蒼蠅會叮，衣服、灰塵會黏上去，到時候鐵定發炎，所以才要包起來。懂嗎？」
「我懂了，不要自己拆開紗布。」
「好，還有，不要亂抹紅藥水、紫藥水。」
「喔。」
「包好了，拿藥吃，後天再來。記得我講過的話。」
「ＯＫ。請問多久會好？」
「沒發炎的話，一個多禮拜吧。」
兩天後回來，傷口上蓋著衛生紙。
「你沒有亂抹東西？」
「沒有。」

我掀起黏著的衛生紙，再問一次：「真的沒有嗎？」
「沒有啊，我只有用酒精消毒。你們醫生不都這樣做的？」
我盡量忍著不笑出聲。
「早就沒有人在傷口上抹酒精了，現在都改用『優碘』。」
「可是我用『碘酒』擦會很痛，我哥就叫我改用酒精。」
「是水性的『優碘』，不是碘酒。而且我不是叫你不要自己拆開紗布？」
「我有聽到，可是鄰居警告說，包著兩天不換藥會化膿，所以我就……」
看他的表情，一副天真，應該不是存心搗蛋。
「那你既然都懂得去藥房買酒精了，不會順道買包無菌紗布來用？」
「本來是有買，可是一天換三次藥，昨晚剛好用完，想說這包衛生紙中午才開封，還是乾淨的，應該可以代替。」
「你給我聽好，你的傷口原本沒發炎，也開始要長皮了。你看看這傷口表面，小小點白色的，就是快發芽的新皮，你再惡搞，讓芽苞死了，皮就長不出來，到時候只好挖屁股肉來補皮。你喜歡補皮嗎？」
他恍然大悟說：「原來那是新皮呀！我昨天以為是化膿，還用棉棒一直刮擦，想把它弄掉，可是好痛，所以只弄了一點點。」
「真弄掉你就慘了，還好你的技術不好。」我沒好氣地幫他上藥，「包好了。回去不要再……」

病人馬上接口：「不要自己換藥，不要抹紅藥水、紫藥水、酒精等等，對不對。」

「對，還有什麼黃的藍的（黃藥水、甲基藍）也都不要抹。後天再回來。」

兩天後打開傷口，差點昏倒，慘不忍睹。

「你……」

病人緊張地解釋：「我真的不是故意的。」

我把腳翹起來，等著他解釋。

「我那天聽妳講了，回去都很聽話，可是昨天我哥找我去踢足球，踢著踢著，敷料不知何時就掉了，半夜回到家才發現傷口上沾著泥土。我怕得破傷風，家中又找不到優碘，藥房打烊了買不到，妳說紅藥水、紫藥水、酒精都不能用，只好將就用肥皂拚命搓，再拿雙氧水一直洗，洗到白白的才停止。

「到天快亮時，痛得受不了，傷口濕濕的，我想一定發炎了，連忙找出去年沒用完的消炎粉撒上。可是還是不乾，所以又找出雲南白藥……醫生拜託幫我看看，有發炎嗎？我已經盡量洗乾淨了。」

「發炎倒是沒有，不過表皮的芽苞全被你搓光了，這下等著補皮吧。」

他終於發現事態嚴重。「怎麼辦？我不想開刀……請問能不能不要補皮？」

「不補是可以，只不過要換一個多月的藥，皮才能從周邊長進去，你能等嗎？」

「等，我絕對等，只要能不開刀，我一定聽妳的吩咐。」

接下來一個多月，他乖乖地每兩天上醫院報到一次，沒再捅什麼紕漏，終於在六週後脫離苦海。

東方不敗

一個閒散的下午，等著未送到的病歷。

一位神情萎靡的老先生由老伴攙扶著走進來。

他們探頭看看我，再走到候診室的窗口端詳半天，「小姐啊！」老婦人轉頭請教護士：「請問那邊是不是向著東邊？」

「是的。」

「那就好。」

不多時病歷送到，他們倆走了進來：「醫生啊，請妳幫幫忙。」

「沒問題，妳說。」

「我這老伴原本小便就不順暢，晚上光上廁所就要吵醒我好幾趟，可是最近十來天變本加厲，半個多小時就要起床一次，弄得我也不好睡。」阿婆睜著黑眼圈繼續說：「想請妳行行好，弄個什麼藥，叫他不要那麼『厚尿』。」

翻翻病歷，老先生之前已經看過泌尿科，檢查過也拿過藥了，依照病歷記載，應該不會這麼嚴重的。

「妳說最近一兩週才嚴重起來的？」我問他太太。
「是的，半個月前先是氣管不好，咳得我睡不著，在外頭開藥吃，吃了是有見效，可是又開始犯這小便的老毛病。」
「我看了幾位醫生都醫不好，於是到廟裡燒香，那位廟公一眼就看穿我有所求，幫我卜了一卦，說要往南邊的大醫院，找坐在東邊診間的醫生看才會好。所以我一進來就先看方位對不對。」
「醫生啊，只有妳能幫助我們，請妳盡量吧。」
跟老夫婦聊了先前治療的經過，我忽然靈機一動：「他是不是先前咳嗽時還一直流鼻水？」
「對啊！」阿婆睜大了眼睛：「妳怎麼知道。」
我乘勝追擊：「然後醫生開了藥水給他喝，喝了就比較不咳，鼻水也不太流了？」
「對呀，妳說的真準。」
「吃藥後會不會感到喉嚨乾乾的？」
「會啊！他還一直向我討水喝，我以為他得了糖尿病，帶他去驗血又沒有。」
「那就沒錯了。你是不是現在還在喝藥水？」
「是的。」換老先生說話了：「我想把咳嗽治療斷根，所以又跑去藥房買了一箱藥水擺在家裡天天喝。」
「還會咳嗎？」
「不會了，可是不喝藥水就沒精神、打呵欠，全身酸軟不對勁。」

老婆插話了：「晚上都不能睡，哪裡還會有精神。」

「我猜你今天沒喝？」我問老阿公。

「醫生妳猜的真準，我就是怕來醫院要驗血，早上沒敢吃藥。」

我搞清楚了。「你們現在聽我說，原本他只是小感冒，喝的藥水中含有抗組織胺……」

阿婆插嘴：「妳怎麼知道，那藥水就叫鼻露安還是一路安的。」

「我不是說那個『安』，我是說裡面有一種抗組織胺成分，會減輕流鼻水的症狀，可是吃了會讓小便症狀加重而尿不出來。」

「妳是說，他的症狀都是吃藥引起的？怎麼前面那幾位醫生都沒有說？」

「妳有告訴醫生說，他還在喝藥水嗎？」

「沒有。」

「那醫生怎麼可能知道！」我繼續解釋：「還有，藥水中可能含有一些提神的成分，所以不喝就沒精神、酸軟無力，再加上整夜睡不好就……」

「高明高明，醫生真是我的救命恩人，妳這麼一說我就全盤瞭解了。」老先生滿意地回答。

「我就知道聽神明的話準沒錯，一定能找到名醫。那我現在該怎麼辦？」

「只要把藥水停掉，忍個三、五天，那些不舒服的症狀都會逐漸退去。」

「就這樣？要不要打一針提神的？」

「不必，再打就藥物中毒了！」

「那我還該不該吃藥呢？」

「開些治療攝護腺的藥繼續吃，下禮拜再給我看看。」

一週後他們精神抖擻地回來門診。

「好了嗎？」

「好了，」老公公聲如洪鐘：「連我老婆的頭痛都醫好了。」

「可是我沒幫你老婆醫頭痛啊！」

「還不是妳的藥神奇，讓我晚上睡得好，不再吵她，她多年的頭痛也不藥而癒了。」

個把月後，門診部整修，換了個地點看診，從此之後就再也沒有看方位找醫生的病患了。也許該怪我忘了把新的方位稟報菩薩吧。

沒有抹什麼

今天天氣雖然不算熱，可是蒼蠅滿多的，從一開診就不斷飛來飛去，趕都趕不走。看到第十七號，四、五隻蒼蠅隨著一位病人進來。

「有什麼問題嗎？」

「我要看腳。」

解開層層繃帶後，出現的是……

「怎麼搞成這樣子？」

「我也不知道，就前幾天燙傷嘛。」

我一面驅趕發現大餐的蒼蠅，一面以棉花棒清洗傷口。

「你抹過什麼藥嗎？」

「沒有，我只用過你們醫院開的優碘藥水。」

啊哈，棉花棒撥到一片綠色的東西。

「優碘不是綠色的吧！」

「喔，那是葉子。」

「但你不是說沒抹過什麼藥嗎？」

「那又不是抹的，是用來包在外面退紅的啦，不小心掉進傷口的。」

棉花棒又洗出一些黏黏的東西。

「那這個呢？」

「是蘆薈加雞蛋清，也是退紅的。可是並不是用來抹傷口的，我只放在旁邊紅腫處。我先擺蛋清與蘆薈，再用葉子包起來。誰想到它們會自己滑到傷口上。」

看看傷口，不但化膿，連真皮層都已壞死，患處還黏著些黑色粉末，一定有問題。

「你確定真的沒抹過什麼藥嗎？」

「真的沒抹。」

「那這些黑黑的……」

「消炎粉。」

「消炎粉？不是說都沒抹？」

「消炎粉是拿來撒的，哪裡是抹的。醫生妳總知道消炎粉吧？一包一包的。」他以懷疑的語氣詰問。

「消炎粉我知道，是用撒的。」

他鬆了一口氣，好像確定這位醫師還有點基本常識。

「那你是怎麼燙到的？」

「就小孩子吃泡麵，碗沒端好，湯灑到我的腳。」

泡麵的溫度才九十多度，應該不至於傷得這麼嚴重。

「燙到後你怎麼處理？」我不死心追問。

「阿就推消腫的藥水啊。」怕我聽不懂又補上一句：「就ＸＸ油嘛。」

我不說話看著他。

「怎樣，不對嗎？藥瓶上明明寫著可以消腫止痛的。看它整片一直紅腫起來，趕緊推，沒想到推太大力，不小心把水泡給戳破了。」

「然後呢？」

「然後老婆說破皮要消毒，就拿那個酒精倒下去，痛死我了。」

我保持微笑聽他講。

「我叫兒子去隔壁借了瓶雙氧水，消毒起來比較不痛，洗到傷口都變白了才停止。」

「再來呢？」

「再來就抹優碘，一時找不到紗布，先拿衛生紙包紮。」

「衛生紙？」

「包裝上寫著經什麼線處理，沒有細菌，我才敢用的，不過隔天就換成紗布了。」

「接著呢？」

「你們那個優碘抹了都會掉，一直濕，我看不行，旁邊越來越紅，才改撒消炎粉的。」

「就這樣？」

「就這樣。」他看看我的表情，拚命解釋：「我沒騙妳啦，那個消炎粉不是用抹的已經跟妳說過了，酒精與雙氧水是消毒用的也不算抹藥，ＸＸ油是在『推消腫』的，蘆薈、雞蛋清是敷在傷口旁邊退紅的。這些都不是在抹藥。我這個人做人很老實，有就是有，不會亂說的。」

我邊處理傷口邊衛教：「電視你都有看過，燙到要先沖冷水……」

「有，這個我有做，可是我家沒有醫院用的什麼鹽水，就開整包的鹽加冰水浸泡，還是不行，鹽都化不開，水又那麼冰受不了，才改用那個ＸＸ油的。」

「其實水龍頭打開的水就可以沖了。」

「可是那水沒有消毒。」

「難道你做的冰鹽水就有消毒？」

「至少它有加鹽啊，鹽不是能殺菌。」

「剛燙到還沒破皮，只要乾淨的冷水就行，不必特意用生理食鹽水。」

「哎呀，不早說，下次我會記得。」

「你不會連醬油、胡椒都加下去吧？」我順口問問。

「……」

「不會吧？」

「胡椒是沒啦，我阿母說古早人燙到都抹醬油就會好，所以後來看傷口沒進步……」

嗯？

聽多了病人的抱怨與指責，要嘛嫌藥開兩週不夠吃，藥膏兩條不夠抹，不然就是感冒沒打針不會好，再不然明明喉片健保不給付，硬要拿免費的，弄得自己情緒低落。所以當響亮的一聲「先生您好」傳入耳朵時，心情頓時開朗起來。

病患是位鬍子花白的瘦小老翁，古式的西裝與磨破的袖口，暗示著他的經濟狀況。他進門摘下帽子一鞠躬，面帶抱歉說：「先生，不好意思，今天來麻煩您。」

「請坐，」我指指小圓凳，「有什麼可以幫忙的？」

他拘謹地坐在板凳邊緣，背脊挺直，雙手不安地扭絞著帽子。

「先生，實在是受不了了，才不得不麻煩您。我的膝蓋從去年開始痛，看了好多醫師都不見效，有人說什麼骨刺很難醫，有人光開藥給我吃，還有人叫我立刻開刀。我又聽朋友報說某間廟的神明很靈，照著指示抓過好幾帖中藥，但是不管怎麼醫，只要一停藥，疼痛馬上就來。花了那麼多錢還治不好，所以半年多沒再找醫師。可是今天又發作了，實在痛到受不了，鄰居看我難受，叫我來找您幫忙。真的很不好意思增加您的工作。」

「不會不會，一點也不麻煩，年紀到了，有些病痛是難免的。褲管拉起來讓我看看。」

他低著頭，似乎不好意思讓我看他的腿。

「褲管。」我拉扯一下他的西裝褲：「褲管拉高。」

「喔。」他仔細將褲腳捲起來，多瘤變形的「骨輪」顯示退化性關節炎已到末期。

「這是『關節炎』，是年紀大退化引起的……」我將疾病的前因後果簡略講解一遍，他看著我，邊聽邊點頭，一臉專注的表情。

「好了，先吃藥看看。」我把處方箋放在桌上。

「謝謝。」他點頭回禮，仍坐著不動。

我把處方箋塞進他的手中：「這是藥單，你還有什麼疑問要問？」

「嗯。」

「有什麼問題請講。」

「嗯。」然後，突然想通似的：「先生您檢查好了嗎？」

「檢查好了。」

「那我是不是拿藥就可以了？」

「是的。」我臨時想到又補充一句：「不要提重物。」

「嗯。」他仍然坐著不動看著我，彷彿等我多講幾句。

「不要蹲太久。」

「嗯。」他點點頭，仍是一臉專注的表情。

我乾脆多衛教幾句：「不要在樓梯走上走下。」

「嗯。」
「對膝蓋而言，散步比跑步好。」
「嗯。」
「做復健對你有幫助。」
「嗯。」
「要是吃藥還控制不住，可能要開刀。」
「嗯。」
「有效的話，吃完再來門診開藥。」
「嗯。」
「胃痛的話就要停藥。」
「嗯。」
「講完了。」
「嗯。」
「可以去拿藥了。」
「嗯。」但他仍然沒有動作。
我忽然靈光乍現：「你重聽對不對？」
「嗯。」

「你膝蓋痛。」

「嗯。」

「你膝蓋不痛。」

「嗯。」

「你來看頭痛。」

「嗯。」

「我講的你都沒聽到對吧！」

「嗯。」

沉默了幾秒鐘，他彷彿察覺我已經講完，指著處方箋急切地發問：「那我可以去拿藥了嗎？」

「可以了。」想到他的重聽，又對著他的耳朵大吼：「可以去拿藥了，疼痛是老化引起的，先吃藥控制看看，一天吃三次，不要提重物或跑步，做做復健，胃痛的話就要改藥，有效的話，吃完再來門診開藥。」

他很高興地回答：「阿里卡多，先生謝謝您，這下我聽到了，您真好，連我重聽都知道，特地大聲講給我聽。以前看醫師好苦，都聽不到又不敢講，您真好心。」

站起來又深深鞠了個躬，才轉身離開。

點菜

拄著拐杖彎著腰，阿婆走進來，先把手上提著的蔬菜與鮮魚放在診察台上，把拐杖仔細靠在桌邊，遞出剛剛量好的血壓結果，才緩緩坐下來。

「醫師啊，我藥沒有了，要來拿藥。」

「拿哪一種的？」

「今天主要是來拿腰骨的，上週給妳看過說還要繼續吃。醫師啊，我想順便連內科心臟的、腸子的、血壓的、吃糖分的、眼睛的一起拿，病歷上面都有。我吃長期的，都很穩定，照著開就好了。」

翻翻病歷，高血壓、心臟病、糖尿病、白內障、關節退化又便秘，還有其他一堆沒講到的毛病，持續在門診治療。

「醫師我給妳講，我住很遠，多開幾天可以嗎？上次開一週太少了。」

「可以啊，老人不方便，我開兩週份給妳。」

「兩週太少了，我想一次拿三個月，才不必常常來。」

「妳一次看那麼多種病，藥吃得重，藥費又貴，一週份就接近兩千，開兩週已經超過規定，哪可能開到三個月？」

「那請妳幫幫忙，照規定算算看能開多久。」

「照規定喔……每個病都要開到……只有九天。」

「九天嗎？怎麼那麼少。」

「太多種藥了啊！不然妳另外掛內科開內科的藥，掛眼科開眼睛的藥，不要全都找我一個人開，那就可以多開幾天了。」

「麥啦，還要掛別科太麻煩，那開兩週就好了。」

我低頭寫藥單。

「醫生我跟妳說，心臟不要開白的，紅的比較有效。」

「還有，眼藥水要有袋子裝的那種，大瓶的不好。一瓶眼藥水不夠我點一天，最好開十瓶，多的可以擺著。」

「還有，要加一罐咳嗽藥水，最近晚上都會咳。」

她看我停筆不寫，又加以補充：「要上個月開的黃色藥水，以前那褐色的有怪味道不好喝。還有，吃糖分的開少一點，我都沒有在吃。」

我抬頭瞪著阿婆：「內科醫師已經幫妳把血糖的藥量調到剛好，為何又不照著吃？」

「鄰居警告我會越吃越重，所以我不敢吃三次，都嘛只吃一次。」

「那樣不行的，病情會惡化。」

「不會啦，那都是醫師想賺藥錢，唬病人的，我才吃一次也不覺得難受。」

「醫師不會唬病人，是為病人好。糖尿病到晚期才有症狀，不控制好，眼睛與腎臟都會受損，還會手麻腳麻。」

我吞了吞口水繼續勸說：「還有，妳現在吃的四種心臟血壓藥也是經心臟科專科醫師看過，調配過，病情控制穩定了，才讓妳到一般門診拿藥，如果要改藥換藥，最好請原來那位醫師調整，比較專業。」

「還要去心臟科排隊太麻煩了，那妳照以前的開就好，我自己再去藥房買些紅色的來配，白色的給我女婿吃。」

我還來不及糾正，她又有意見：「那些胃藥不好吞，我想換阿華吃過比較貴的那種。」

「阿華……」

「就一頭白一頭黃，中間有英文字的那種，我吃過幾次，感覺比較有效。」

「喔，那種可以，跟妳現在吃的這種效果差不多。」

「我覺得內科那個醫生很沒醫德，明明知道黃白色的比較有效，卻不肯給我開。」

「不是不肯開，其實兩種藥都很有效，都是對症治療，可能妳的『體質』剛好跟黃白色的比較合吧！老實講，黃白色的胃藥還比較便宜。」

「黃白色的比較便宜？那我不要改了，我還是吃原先那種好了。還有醫師，鄰居報我一種吃骨頭退化的，說很有效，妳也幫我一起開。」

「哪一種？」

「阿就吃骨頭退化的。」

「骨頭退化也有很多種，妳說的是哪一種？」

「就雞毛管那種，一頭紅一頭白。」

「那種是吃膝蓋退化性關節炎的，妳兩側都換過人工關節了，不必吃它。」

「沒關係，吃了多少可以『補』我的骨頭嘛，反正我有骨質疏鬆。」

「那種藥不能『補』骨質疏鬆。」

「那妳另外幫我開『可以補骨頭』的藥。」

「妳已經有鈣片吃，夠補了。」

「不夠不夠，人家去診所都有什麼B啊C啊的藥丸拿，還可以打針送喉片，妳都不開。」

「要有需要才開，不然很容易過量。」

「妳免驚，我會收起來，有需要才拿出來吃，不必擔心過量的問題。」

「藥不能這麼拿，好像上餐廳點菜一樣，妳應該依照病情需要來治療，自己調整會出紕漏的。」

「不會啦。」

我看她不肯按正確方式服藥，即使照著病歷開，恐怕她也會自行調整，於是提出警告：「除了骨科藥之外，其他的我都照內科與眼科醫師的醫囑來開，妳最好依規定使用。若是想改藥加藥，請改掛他們的門診。」

「那黃色的咳嗽藥水要記得開，還有十瓶眼藥水……」

「這沒辦法。不然我幫妳加掛內科與……」

「算了，車班要來了，不跟妳囉嗦，開多少算多少吧。」

「下次妳若是想一次看這麼多科的病，可以先同時預掛三科……」

「還下次？下次我找別的醫師開就好了。」

沒吃什麼藥

「老先生，您有沒有高血壓、糖尿病、心臟病、腎臟病、過敏氣喘或其他的疾病？」

「沒有。」

「那麼先生您最近有沒有在吃什麼藥？」

「也沒有，問那麼多幹嘛，我只是來看腳痛的！」

「不是啦！是因為看完病要幫您開藥，怕沖到了，特地問一下。」

他懶懶地回答：「沒啦，沒在吃什麼藥啦。」

雖然他矢口否認，但職業上的直覺讓我懷疑答案的正確性。再加上病歷明明記載著他過去的血壓經常飆高，肝機能也不正常，有尿糖，又久咳不癒，一點藥都沒吃好像不太合理，於是心生一計……

「先生，您一定養生有道，才不必吃藥。」

聽到這句話，他心花怒放地說：「對，多虧了我那孫子從美國幫我帶回來的補品……」

補品?!

「請問是補什麼的，您記得嗎？」

「這簡單，一罐補膝蓋的，一瓶補骨頭的，一種說是強心的，另一樣預防腦中風的，還有打通血路的，吃五十肩的說不會傷胃，顧眼睛的、保護胃腸的、清肺的……」

「都是美國帶回來的嗎？」聽他的說明，好像某些是屬於「藥品級」，在美國應該買不到。

「不完全啦，有些是女兒委託鄰居買的，說是純中藥不傷腎臟；有兩樣是媳婦聽發表會買的，說是最新最好的健康食品，西德研發的，還有……」他從褲袋掏出兩個藥瓶，「這是我在剛來的路上買的，已經吃了一年多了，很有效，肩膀都不痛了。」

看看藥瓶，是止痛藥與鈣片。

「先生，您不是說都沒在吃藥的嗎？」

「我沒說謊，那些都是補品、保養品，懂嗎。」

「不對，其他的我不知道，至少這瓶是止痛藥，純正的西藥。」

「醫師妳看錯了吧！老板說這不是西藥，只是吃了顧骨頭的，叫我一天吃三次。」

我指著藥瓶上的英文字：「除非瓶子裡裝的是另一種藥，不然這就是百分之百的止痛藥。」

「夭壽喔，我就是怕傷害到腰子不敢吃，老板還跟我保證不是止痛藥……那請問吃了會不會洗腎啊？」

「還好，」我安慰他：「這藥的劑量很輕，除非過量或吃太久，不然還算安全，可以抽血驗看看腎功能。不過有些人吃了會引發胃痛。」

他右手重重拍在大腿上：「哎呀，難怪我這半年胃老是不舒服。我這裡還有幾樣……」從外套口袋掏出兩排鋁箔包裝的藥片，「剛好帶了兩種出門，請妳看看是什麼。」

哈！一種是預防血栓的，雖然是植物萃取物，在國內仍然屬於「藥品」。另一種是制酸劑。看起來都是進口的原裝藥。

「先生，這些也都是西藥，或許在某些國家被當成健康食品自由販賣，不受管制，但在國內仍然把它們列為西藥管理。就算是健康食品，吃過量或與其他藥物合吃，仍可能中毒甚至產生副作用。」

「不是說健康食品就沒有害處，吃多了也不會怎麼樣？」

「老先生，就算是最無害的水和白飯，吃過量，人也會受不了的。」

「喔，我懂了，謝謝醫師的指導。那麼維他命應該無害吧！」

「錯！有些維他命會干擾藥物的作用，有些吃多了還會中毒，甚至死亡，要很小心。」

「……」

「請問老先生，您家中還有這樣的『補品』嗎？」

「還有好多，都是兒女們孝敬的。我回去就把它們通通丟掉。」

「不必這麼做，下次把所有的『補品』帶來，我幫您挑看看哪些可以吃，怎麼吃，不要再自作主張了。」

您的醫術比較好

「醫生我腳痛。」他比了比膝蓋部分。就算不照X光也看得出關節炎已進展到末期，其實他自己也知道，只是想減輕疼痛罷了。

經過溝通後，先開止痛藥給他吃，並囑咐他不要過度走動或提重物，以免關節負荷不了，病情加重；如果胃痛或解黑便，一定要停藥，趕緊找醫生看。

「安啦，我是經常吃藥的人，這些症頭醫師都給我講過，有問題我會注意的。」

止痛藥不單是止痛，還能「抗炎」，抑制退化性關節炎的發炎反應，減輕局部腫脹疼痛，兼具治標治本雙重作用。因為不含類固醇，不會抑制身體的免疫反應（抵抗力），也不會造成骨質疏鬆，不過兩者吃多了都可能傷胃傷腎，或產生其他副作用。

一週後回診，他很不好意思地告訴我吃了藥都沒進步。不過沒幫到忙，我比他還不好意思。

「有沒有多休息？」

「哪有可能休息！有雞要餵，牛要養，青菜不澆水的話會枯死，還要拔草整地，洗衣煮飯，事情太多了。」

「家人肯幫點忙嗎？」

「孩子們都搬到台灣去了，老伴走了，家裡就只剩我一人，誰能幫我？」

「那就做少一點吧！」

「不做哪有收入？孩子們自己賺的都不夠用，不時還要我幫忙，不多少做一點，怎麼過日子。還有那三分地放著也可惜，只不過隨便種種，能賣就賣，至少青菜錢都省了。」

「那麼牛……」

「牛是以前養的，現在老了不耕田，捨不得殺掉，就這麼養著。陪我這麼多年了也有感情，老伴不在，家中就剩牠聽我說話，為貪幾塊錢賣了，宰了，心裡捨不得。」

「那也只好先這樣。我開強一點的藥試看看。」

一週後再度回診，他仍舊認為沒進步。

或許是體質因素，每個人對不同藥物的反應不盡相同，所以我嘗試搭配不同種類的藥，希望能找到對他有幫助的組合。也曾勸他做復健，但為了做三十分鐘的復健，他得從家裡走十幾分鐘路到站牌，等那一小時一班的公車，還要花幾十塊車資，相當於一天的伙食費，來回一趟耗掉三、四個小時。再加上他會暈車，估算起來不實際，就放棄了。換人工關節吧？他怕開刀，術後照顧也是個問題。

他說：「如果真要開刀，我會上高雄找兒子，至少在那邊開，他不必專程請假回來，白天媳婦也可以幫忙照顧我。在這邊動刀，就我孤家寡人一個，誰幫我翻身，扶我上廁所？」

經過幾次調整，藥越下越重，幾乎手邊的藥都試過了，疼痛仍不見改善，所以當他皺著眉頭進門時，我打算把他轉介給其他醫生，或許會有奇蹟出現。

「醫師啊，今天我不看腳，我要看胃。我胃在痛。」

完了，一定是止痛藥產生副作用，傷到胃了。

我惴惴不安地發問：「怎麼個痛法？」

「就這上頭，從上週拿藥回去就悶悶的痛，到藥房買胃藥吃也不見效，這兩天餓也痛，飽也痛，老是有一股酸氣上湧，胸口發燒，才趕快來找您。」

「不是告訴過你，胃痛的話要趕快就醫的嗎，怎麼拖了一個禮拜才來？」

「是有聽到啦，但我想先吃胃藥看看。您開的藥我有停掉不吃，這我還記得。」

「大便有沒有變黑，還是解鮮血？」

「之前都沒有，我有在看，直到昨天早上才變色的。」他掏出一包塑膠袋，從衛生紙的破洞可以看見裡頭呈現柏油色的黑大便。

「要不要解開看看？」

「不必了，這樣看就知道了，是胃出血，最好住院治療。」

「有那麼嚴重嗎？我頭也不暈，氣也不喘，早上在服務台量過血壓也很正常，真的有必要住院嗎？」

我低頭看他遞上來的單子，血壓一一八／七六毫米汞柱，心跳七十八，目前還很正常，臉色也不錯，再翻翻眼結膜，粉紅色，似乎不怎麼貧血。

「現在看起來並不嚴重，但一旦流過血，就有可能突然大量出血，臨時休克。你單身一人，若在家中昏倒，誰來救你？還是住院幾天觀察看看比較保險。」

「不行啊，放個家沒人顧，而且我連換洗的衣物都沒帶……能不能先吃藥看看？我會乖乖在家休息不亂跑，還會請鄰長不時過來看看，有什麼問題馬上叫救護車，這樣好不好？」

「真的不肯住院？」

「麥啦，先吃藥看看啦。」

勸不動他，只好開藥治看看，並吩咐他兩天後回門診追蹤。畢竟他有自主權，除非面臨生命危險，誰都沒權力拉他進醫院。

兩天後。

「醫師您真行，大便已經變黃了。我帶來了，要不要看看？」

我搓揉塑膠袋，確定大便的顏色已經恢復正常。還好發明了塑膠袋，否則患者若拿竹葉包了，粽繩綁住，以手提著，端午節又近了……趕緊收回遊蕩的想像力。

「胃好點沒？」

「不太痛了，不過還悶悶的，打膈仍舊酸酸的。不必住院了吧？」他滿懷希望地問。

「不必了，恢復得不錯，繼續吃藥就好。今天我開一個禮拜的藥給你。」

一週後。

「醫師您真神，我的胃好了。不痛，不脹，不酸，胃口也回來了。」

「真的都沒症狀了嗎？」這下換我懷疑。

「真的，我哪敢騙您。」

「那就拿些胃藥回去吃保養的，若有哪邊不舒服，再回來開藥。」我故意不提膝關節炎的事，因為出血才剛好就開止痛藥給他吃，只有找大家的麻煩。

三週後，他又出現了。

「醫師啊，您的醫術卡好，我以前吃藥胃痛，都要打好幾次針，醫個兩、三週才會恢復，這次您的藥高明，一週就好了。我都跟鄰居報說您治胃病一流，叫他們有問題就找您。」

「啊，我……謝謝誇獎。那膝蓋呢？」

「說也奇怪，最近不太痛了，小痛能忍我就不必吃藥。您不是沒幫我加膝蓋的藥？」

「是沒加啊，可能……嗯……是不是這幾天都在休息？」

「對，我把牛讓給阿成了，他想把老家的田地翻耕一下，工作很輕，老牛做得動，而且他對牛也很好。剛巧對門招弟她媳婦坐月子，把雞全都買走，這陣子可輕鬆了。我打算下個月再買小雞來養。今天想來拿點膝蓋的藥放家裡，萬一臨時痛起來可以先吃藥頂著。」

「我想，以後雞就不要養了，雖然拿藥不必花錢，但是少走動比較不痛，還能省下看醫生的車資，算起來比較划算喔。」

他微笑著，似乎聽進去了，可是我知道要不了多久，當他閒著發慌，一定又會開始忙進忙出的，然後就得再來看門診了。

膨風

「醫師啊，我的肚子不舒服。」

「怎麼個痛法？」

「就這上頭，從前晚開始一陣一陣地痛，到診所打針也不見效。起先說是胃炎，後來說腸子也發炎，藥吃了一大包，點滴吊了好多瓶，比較不痛了，變成脹得難受，所以來找您看看。」

「有沒有拉肚子？」

「有啊，前兩天一直拉，還猛放臭屁，可是今天一整天都沒跑廁所，肚子越來越鼓。」

「手頭上還有藥嗎？」

「剩下不多了。老實跟您講，我看第一間不見效，就去第二間，然後又吃鄰居拿的征X丸，昨天早上跑馬公打了兩針，下午看不行又請白醫師吊大瓶的，晚上我也弄不清楚藥該怎麼吃，就抓哪包吃哪包，想說至少會有一家的見效。真的比較不痛了，可是今天起床飯都吃不下，連水喝了都會想吐，尿才一點點，跟茶水一樣黃。」

他停頓一下又急忙補充：「是不是給藥物沖到？我都不敢告訴醫師說我在其他診所看過，怕他們不高興，會不會是這樣，所以他們開的藥相沖，不然以前都沒那麼嚴重。」

看他乾燥的雙唇，凹陷的眼眶，再聽聽肚子，心裡已有了底。「我現在幫你打瓶點滴。」

「可是外面打過都沒效。」

「這個針不一樣，外頭絕對沒有。打完後，所有的藥都不准吃，只可以吃我開的，」我以眼神直瞪著他，等他打消抗議的念頭，才繼續說：「而且只能喝水及運動飲料，不要吃東西，真的很餓就喝點米湯加鹽。」

他嘆了口氣：「然後呢？」

「今天晚上可能肚子有點滾絞，但不會像剛發病那麼嚴重，不要再吃其他的藥，就讓腸子活動。先前發炎積了一肚子的壞空氣、髒水還沒排乾淨，就是那些髒東西在作怪。讓腸子動動，明天再來，到時候應該好很多了。」

「真有那麼神？」

「有，相信我就是了。」

其實他的病情一開始很單純，只是腸胃炎，但腸胃道發炎造成吸收能力下降，導致脫水，加上藥吃太多產生副作用，妨礙正常蠕動，連屁都無法排放，所以肚子鼓脹起來。只要不再拿藥物「虐待」腸子，身體自然會恢復，因此我開立簡單的制酸劑，並補充缺乏的水分，讓時間治療一切。

隔天他進來時會笑了。

「醫師您真厲害，昨天就像您講的那樣，到傍晚肚子開始絞痛，不過不是很痛就是了。我照您的吩咐忍耐著，後來半夜連放好幾個臭屁，還拉了兩、三次，我老婆以為病又復發了，要我吃先前的剩藥，不過我相信您的話沒敢亂吃，到早上就知道餓了。您看看，」他掀開衣服拍拍肚子，「消了。還要吃藥嗎？」

「不必了，可以開始吃東西了。不過別大吃大喝，吃七分飽就好，等兩、三天才能恢復正常飲食。」

「那我這肚子吃藥也能消嗎？」下一位病患聽到了先前的對話，打趣地問。

看他突出的小腹，繃緊的襯衫與褲頭，雙下巴，我對他輕輕搖頭。

發問的先生哈哈大笑，連旁邊的候診病患們也跟著一起笑，整個診間氣氛變得好輕鬆。

皮

皮有很多種，書皮、果皮、豆腐皮、雞皮、LV皮包的真牛皮。酥皮餅皮包著內餡專祭五臟廟，多吃雞皮會發胖，橡皮不能吃也不長在大象身上，頑皮很讓你傷腦筋，不過每個人都有皮。

人身上長著一層皮，它的顏色往往決定你的種族國籍，在某些國家還代表你的階級與地位。風雨雕琢它，豔陽灼痛它，刀械損傷它，疾病改變它。不管身上這層皮膚是什麼顏色，只要破損就會讓它的主人痛徹心脾，甚至感染發炎因而喪命。可惜這層保護層拿來當高速行進機車騎士的煞車皮使用，仍然太過柔嫩，摔倒後絕對千瘡百孔。

如果把皮膚放大來看，表面是多層角化的死細胞，底下也有數層堆疊的活細胞，這兩層構成表皮層。最底下的活細胞會不斷分裂複製，並將老細胞往上推移，而老細胞在向表皮移動的過程中會角化死亡，當這層角質細胞達到表面後逐漸剝落，如此便完成生命週期。

在表皮層與皮下組織（就是那層肥油啦！）之間是真皮層，含有皮脂腺、汗腺與毛囊，皮脂腺分泌油脂潤滑皮膚，汗腺排汗，毛囊負責在毛髮脫落後長出新毛，這些深層構造不易受損，只要殘留少許，就有能力分裂出新的表皮細胞，一至四週後長成完好的皮膚，而且疤痕不會太明顯。這算是上天幫人類買的保險吧！

但是面對焦急的病患，看著磨爛的膝蓋與手掌，講這麼多不會有人想聽，只要簡單告訴他：

「你的運氣很好，雖然破了點皮，幸好表皮的根部沒有受損，只要換幾次藥，不要碰水，不要發炎，傷口就會逐漸癒合。」病人也就放心了。

但上天買的保險不是全險，每隔一段日子總會出現一位飆太快或者摔錯地點的騎士，不但把皮膚磨光了，連皮下脂肪組織甚至更深的筋膜都裸露出來。面對這種「幾乎見骨」的傷勢，就算沒發炎，將來的疤也好看不到哪裡去。

這種嚴重的傷，連真皮層都全數喪失，失去向上長皮的能力，就得靠肉芽組織先填補空洞，再由破洞邊緣的皮膚細胞向中央分裂生長，慢慢覆蓋缺損，緩慢而費時，還可能造成難看肥厚無彈性的疤。所以倘若皮膚缺損的範圍過大，要很久才能癒合，或者可能造成肥厚瘢痕妨礙關節活動，或者治療很久仍不長皮，醫師就會建議挖患者本身的皮膚補上去。供皮處只提供表皮層與最淺的真皮層，仍能靠深層的真皮層長出新皮，移植的皮膚則會在新部位生長。補皮能縮短癒合時間，避免肥厚疤痕，不過病人會多痛一個地方。

「要不要補呢？」病人傻笑著。

他母親卻皺起眉頭：「妳看他能補嗎？」

「傷口的肉芽組織已經長好，是補皮的時機了。」

這位病人其實不是騎車摔傷，卻是被酸液灼傷的。他在親戚的工廠幫忙搬運，休息時與朋友推打嬉鬧，不慎踢翻電瓶跌倒，一屁股摔進流出的那灘電瓶水中。由於他的智商比較低，以為疼痛是撞擊地板造成的，等下了工褪掉褲子清洗，才發現大腿後方脫了層皮。原本也只是二度燒傷，但他又自行抹藥，認為不痛就沒事了，當一週後母親發覺時已經潰爛化膿。經過密集治療，死皮脫去，膿液消失，該考慮手術補皮了。

「我這孩子妳也看得出來，腦筋有點慢，手術會不會影響到他？」

「這是簡單的手術，上個半身麻醉，從大腿側邊拿點皮貼上去，術後不怎麼痛，麻醉也不會傷到腦袋。」

「如果不補的話要花多久？」

「這麼大片至少得兩個月，而且以後瘢疤厚厚硬硬的，行動有點影響。」

「兩個多月，那就不能游泳了，夏天快到了，他急著去海邊玩。」

「連碰水都不行，哪能游泳。不過若補皮成功，三、四週就能恢復八成，一個多月後正好趕上夏天。」

「好，那就補補看吧！」

開刀很順利，三天出院，囑咐他一週後回門診拆線，不幸的是才兩天他媽媽就帶他來了。傷口似乎有點發炎，四周紅紅的，還有點乾血跡。

「怎麼會發炎出血的？有沒有弄濕還是撞到？」

「洗澡都沒噴到水，我都盯著看。喔，想到了，流汗會不會影響？他回家這兩天閒不住，都窩在書房整理舊書，那間沒冷氣，汗水直流，會不會是這樣造成的？」

「很有可能。如果他又爬高爬低，大腿一直動，植下去的皮無法與傷口密切貼合，血管就長不進去。」

「對了，他還把樓上的舊衣服與玩具拿下來，說要送給表弟，上下跑了十幾趟，弄得滿頭都是灰塵。我有聽妳的話告訴他不要運動，可是妳也知道他腦筋不太靈光，不知道爬樓梯也是動，搬東西也是動。那天我出門辦事，回家看到滿地的衣服玩具才知道，但已經來不及了。可能搬箱子也有撞到傷口。那黑褐色的是不是血？現在怎麼辦？」

「如果補上去的皮只有局部壞死，光把沒長的死皮拿掉，清除發炎部分，剩下的還是長得起來，不過晚兩週下水罷了。我先拆開敷料再說。」

植皮上方蓋著厚厚的紗布與棉花，因為沾染血跡而結成一塊厚殼，很不好拆，用力扯又怕把剛剛「生根」的新皮扯掉，只得拿生理食鹽水泡濕泡軟，再慢慢移除。

我指著診間外頭兩張椅子：「在那邊坐著不要碰，我會處理。」

母子倆到一旁等待。每看完一位病人，我就過去幫傷口加點水，三、四次之後總算拿掉兩層紗布，還剩最底層薄薄的棉花與蓋在新皮上的石臘藥布。

「手不要去摸，等裡面這位病人打完石膏，大概就泡得差不多軟了，我再幫你拿掉這層棉花。」

打石膏的病人一拐一拐走出診間，我呼叫他們母子倆，走進來的卻只有一人。

「醫生，我媽媽……出去……電話，馬上進來。我幫妳，拿掉。」

「啊……什麼？」

病人右手拎著一塊滴著血水的薄片，大腿上無皮的傷口兀自滲著鮮血，扯斷的縫線晃動著。

「醫生，我，很厲害，拿得……比妳快喔，我都不用，不用沾水。」

衝進診間的母親看了臉色大變。

「我……你……你怎麼……我只不過去打個電話，你……」

「都不用沾水，我，我很棒的。」

病人看著我，咧嘴笑著，癡癡地等待我的嘉獎。不過看著被他連根拔起的移植皮膚，沒有人笑得出來了。

強過當獸醫

根據傳說，
你拿鐵鎚在雷龍的尾巴末端重重的敲一下，
牠要隔三秒鐘才會感到疼痛。
這是因為原始生物的神經傳導速度比較慢，
而恐龍的身體又長得很長。
有些人雖然具有現代人的身分，
可是神經配備似乎還很原始，與常人迥異……

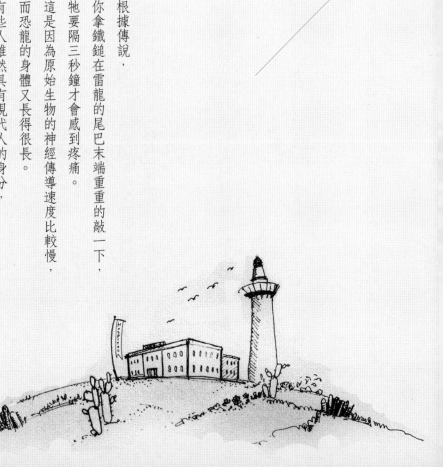

暴力急診室

急診室可以很平靜，也可以很暴力。

一天三更半夜，衝進一票青面獠牙的惡少，五、六人架著一位少年，硬把他壓在床上。

病人呻吟著叫道：「不要壓我，我要起來！」

為首的那位說話了：「醫生啊！趕快幫他打『腦針』，他剛剛在路上昏倒腦震盪。」

看看病人，一臉醉相，雙眼圓睜，正掙扎著想爬起來，哪有昏迷的模樣。我走近病人問：「你現在感覺如何？」

病人：「沒怎……」

話還未說完，旁邊的朋友就插嘴了：「問什麼問，妳沒看到他已經昏迷不醒了嗎？頭撞得那麼嚴重，還不趕快打針！」

我說：「讓我先檢查病人看看。」

翻找半天，都看不到外傷或瘀腫的地方。病人則一直想爬起來，不斷叫著：「不要聽他們胡說，妳聽我說啦……」

朋友們不斷罵他：「你給我閉嘴躺好……」

我問兩旁壓住他的朋友：「他剛剛是怎麼昏倒去撞到頭的？真有昏倒嗎？你們看到了嗎？是

喝了酒走不穩才跌倒昏迷，或者先昏迷了再摔倒還是怎樣？」

第一位朋友搖搖頭說沒看到，第二位說他是聽第三位說的，第三位大叫：「別亂說，我哪有說他昏倒，他只是走不動腳軟，人坐下來向後靠，頭撞到我的腳而已。」

第四位醉得茫茫然，連話都無法回答。

病人插嘴說：「跟你們說我真的沒有昏倒啦！只是頭撞了一下而已。」

我問：「撞到哪裡指給我看看。」病人伸手要去摸頭。

帶頭的那位猛然把我推開，「喂！妳有沒有醫德啊？還需要檢查！明明都腦震盪那麼嚴重（他伸手比著病人的腦門，重重的拍了兩、三下，並把病人推回床上），人都昏迷了，還不趕快打針急救讓他醒來，問那麼多問題幹嘛！像XX醫院，我每次去都不用問問題，一進去就幫他打針，針一打人就醒了。」

我用眼睛瞄了瞄值班人員，請他們偷按警鈴。（警鈴連到警察局，院內不會發出響聲）

我說：「可是他現在已經很清醒了，就不用打針再讓他『醒來』吧！應該要問問事情是怎麼發生的，再決定治療法。不同的病況打的針不一樣……」

帶頭的：「醒了？阿誰說他醒了？妳這醫生怎麼當的！醒的昏迷的都不會看，妳想害死他啊！」

後面傳來兩、三聲巨響，回頭一看，兩位朋友跌坐在地上。

病人已經推開朋友，掙扎下了床叫著：「我沒事……不要攔我……」唯一清醒又還沒跌倒的朋友正想辦法拉住他。

帶頭的叫了：「這麼沒用，還不趕快給我抓住他，放到床上。」吼完又馬上回頭對我咆哮：

「妳不給他打針是不是？」

「跑了！跑了！」後面的狗黨叫道，而病人已衝出急診室。

他舉起拳頭晃一晃，惡狠狠的撂下一句話：「妳給我記著！回頭找妳算帳！」

一票人追出去抓人了。

遠遠聽到他們唱著歌，笑著、叫著。

帶頭的說：「來，我帶你去另一家醫院打針。」

「幹！我又沒事，為什麼硬要我打針？」

「老大叫你打，你就要乖乖的打。」

「麥叫伊注啦！我們再去喝……」

「你娘！為什麼不叫你去打針？」

又過了幾分鐘，警員姍姍來遲。一進門，劈頭就罵：「有事嗎？沒事不要亂按警鈴！」

護士與行政人員站起來，大家七嘴八舌，激動地說：

「你不早點來，剛剛一票兇神惡霸在這裡鬧事，還說要打人呢……」

「對啊！剛剛好恐怖說！我都不知道該躲到哪裡去。」

「怎麼不早點來，人跑了那麼久才到！還好沒真的動手……」

「你聽你聽，現在出去外面還有聲音，他們還沒走遠。」
外面隱約傳來：
「去注射啦……」
「麥啦！我要再喝……」
「要聽話啦……」
於是警員追出去瞭解狀況。
過沒幾分鐘，警員回來了：「沒事沒事，他們已經走遠了。」
事務員緊張地說：「可是帶頭的說他還要回來找我們算帳，萬一真的來了……」
警員拍著胸膛保證：「不可能的，膽子沒那麼大吧。」
護士連忙發揮口才：「這樣好了，若警鈴再響，表示他們真的又來鬧事，拜託你們快點趕來好嗎？就幫幫忙嘛，我們真的很害怕，要仰賴你們保護的……」
警員聽了很勉強的答應：「好吧！」
我看看沒事，就直接回宿舍了。
隔沒多久，護士打電話來邀功：「我跟妳講，警察走沒多久，帶頭那個混蛋又來了，大罵髒話，叫我們交出妳來，說要把妳怎樣怎樣，站在診桌前不肯走，還猛敲桌子亂發飆。」
「還好我先跟警察講好了，他一進門我就按那個警鈴，警察衝進來時，他正在拍桌子威脅我們，讓警察逮個正著……」

她繼續說：「那個人本來兇得跟什麼一樣，警察一進來就乖得像隻貓，一直跟警察道歉賠不是，然後低著頭溜掉了。」

護士得意地說：「妳看我多厲害，早就想到了要防他。事先跟警察講好，才能來得這麼快。這麼整他，我看他應該不會再來鬧了。」

我只能連聲道謝。

到了第二天才知道，這件事情還有後續發展。

當那位老兄被警察嚇跑之後，竟然還不甘心，騎著機車在急診室外面晃來晃去，準備找碴。每隔十幾分鐘就從門縫探頭看看我出現了沒，直到天亮才離去。值班人員也嚇得要命，怕他衝進來鬧場打人，但是他一晃就走，根本來不及報警。他們只好自求多福，把滅火器擺在辦公桌旁防範意外。

還好我也有警覺，一回宿舍就請人代值剩下的班，不再出門，因此沒撞見他。否則……今天各位就沒有故事可看了。

緊張大師

病人緊張已經夠亂了，家屬緊張起來更是要命！

一次，一位弱不禁風的學生受傷，手掌滴著血，由兩位老師攙扶著走進來。其中一位老師身材魁梧，一看就是經常運動的人。這位老師一直對學生說：「不怕不怕，小傷小傷，一下子就好了……」越說聲音越小。

我原本忙著幫學生止血，抬頭一看，他面色蒼白、直冒冷汗，神情呆滯，才想開口請工友扶他出去，他雙腳一軟，咚一聲就昏倒了。

看他沒撞到哪裡，躺著也不礙事，就告訴大家別擔心也不必管他，躺一下自然會醒來。我繼續手上的縫合工作。

過沒多久，老師睜開雙眼，看看左右，趁大夥沒注意時爬起來溜到外面去了。

另一次也是病患很鎮定，但家屬卻緊張萬分。

才剛進門，家屬就開始大叫：「我受不了了，心臟要停了，我的頭好暈，快要爆炸了……好恐怖喔，我不行了，快昏倒了……」

看她呼天喊地，而那位十幾歲的小男孩反而很鎮定，一副不屑的樣子。為了怕影響病人的情緒，就將她請去外頭等候。

傷口很深，小神經也切斷了，不補不行，真傷腦筋。

花了半個多小時，費了九牛二虎之力，總算將針尖那麼細的神經修補完畢。縫線還留在上面來不及剪，那位家屬突然走過來直瞪著傷口。

我看到她比較鎮定了，就指著費盡心血修補好的神經解釋說：「妳看這條神經斷了，我……」話還沒講完，家屬一句話也不說，逕自伸手到消過毒的傷口中，一把捏住那條縫線用力一扯，然後是一連串尖叫聲……

混亂結束後，我生氣地問她：「妳在幹什麼！好不容易接好的神經就這樣給扯斷了。」

她很委屈地回答：「我早就告訴過妳我很怕血，不要叫我看傷口，妳還叫我過來看……」

我責怪她：「奇怪了，我又沒有叫妳，是妳自己跑過來瞪著看的。既然怕血，又為什麼主動跑過來？還伸手進來拉扯……」

她這下更更委屈了：「阿我等了那麼久，想看看好了沒。阿我一來就看到那根『頭髮』在傷口上，看妳正在忙，所以想幫妳拿掉它嘛！才扯一下有什麼關係，阿叫得那麼大聲，害我心臟病又要發作了……」

我還想偷睡一下

澎湖是個小地方。平日急診患者不多，空閒起來還真的能「抓跳蚤相咬」。（嘿！別忘了這間是跳蚤醫院喔！）

可是病患說來就來，同時湧進三、五位患者也不算少見。值班是「7-Eleven」，一值二十四小時無休的，隔天還得照常工作。所以大家寧可遇到白天病患一湧而入，到了半夜卻無人就診的狀況——這樣子忙完了還有時間睡個好覺，第二天才有精神上班。

某天，不知沖到何方神明，病人每隔一兩個小時就來一位。白天還好，看的都是「正常」受傷的，病人會尊重醫師，配合度高，治療起來也有成就感。

到了晚上，不是爛醉如泥打群架的，就是為情所苦鬧自殺的。這種人一進門就開始鬧場，不但病患不合作，會踢人、打人、作勢咬人，連旁邊的人也跟著起鬨，講些不三不四的話。治療中不但要壓住掙扎的病患，擋開亂摸器械妨礙治療的觀眾，還要提防一些「頭上長角的」湊過來找碴。

更誇張的，竟然有一位發作兩三天不來看，半夜睡不著，覺得無聊才跑來，硬是要立刻掛號治療他的——香港腳！

一整夜下來，最長的休息時間不超過兩小時。到了五六點，醉漢走光了，又先後送進來兩位要去市場賣魚而出車禍的民眾。

東邊的天空呈現魚肚白，早安晨跑的病人也因摔跤送進了急診室。今天值這個班，真是三教九流都到齊了。

看完最後這位晨跑病患後，時鐘指向六點半，我的人也像指針那樣直不起身，軟癱在床上，只祈望上班前還能偷睡一個小時。

七點多電話鈴聲大作時，真有一股衝動想把話機摔壞，可是我累得連抬手的力氣都沒了。唉！就算十足的不情願也得起床看病。

一位七十幾歲的老先生躺在推床上哀哀叫，旁邊圍繞著三、四位焦慮的家屬。

「怎麼啦？」話才說完，我就不自主打了個大哈欠。

「昨天睡覺前不慎摔倒，痛得無法忍受，所以……」家屬回答。

看看病人的姿勢就知道，鐵定摔斷了大腿骨。

「怎麼不摔倒後趕快送來，等到現在才來？這樣不是害病人多受苦？」

其實心裡很不高興。若是昨晚就送來的話，小夜班忙完了，現在就不必起床了！

家屬不好意思的解釋道：「瞭解瞭解，可是實在沒辦法，他十二點多才告訴我。」

我以快陷入昏迷的頭腦盤算著，半夜十二點多我還在看那對互毆而受傷的夫妻，如果那時候能送過來，豈不是很完美……

「醫師啊，」老先生說話了：「我從昨天晚餐後捽倒就開始痛。原本想說不嚴重，先等看看會不會自己好，可是越來越厲害，到了半夜十二點真的痛到受不了，只好叫兒子起來陪我。兒子早就想送我到醫院，可是我勸他說，醫生也要睡覺的，半夜吵醒人家不好意思，明天他還要上班很累。所以一直等，等到天亮了，想說醫生應該快起床了，才讓他們載我過來。對不起喔，這麼早把妳吵醒，害妳少睡了，不過我真的很痛。」

聽他這麼一說，心中所有的不快頓時消散，昨天被病人怒罵推打所積下的怨氣，忽然顯得微不足道。我實在感到很慚愧。他忍了一個晚上，只為了能讓醫生多睡一會兒……我眼前迷霧一片……

抽了抽鼻子，我親切地握住他的手保證：「沒關係、沒關係，一點都不算早，幫助你是應該的，我一定會盡力將你醫好。」

恐龍睡不著

根據傳說，你拿鐵鎚在雷龍的尾巴末端重重敲一下，牠要隔三秒鐘才會感到疼痛。這是因為原始生物的神經傳導速度比較慢，而恐龍的身體又長得很長。有些人雖然具有現代人的身分，可是神經配備似乎還很原始，與常人迥異，所以在急診室常會聽到一些不該出現的對話。

半夜三點鐘（算凌晨了吧）。

「醫生啊，我睡不著覺很難受，想請妳幫我打愛睏針。」病人要求。

「吃藥就好了，比較安全，而且副作用比較少。」我回答他。其實心裡擔心，針一打完就會想睡覺，回家的路上是很危險的。

「可是我吃了都沒效。」

吃什麼？他先前看過病嗎？我懷疑地問：「什麼時候開的藥？」

「前兩天來門診開的。」

「那你前幾晚吃了有沒有效？今天吃了多久還沒睡意？」

「我前天忘記吃就睡著了，今晚才想到……」病人看看手錶：「吃了快半小時了。」

「幫幫忙，效果沒那麼快產生。你現在回去躺著，藥效應該就快發作了。不趕緊回家，小心待會兒回不去。」

「難怪我才進門就覺得頭暈暈的……」病人恍然大悟，「想說是不是要中風了，……呵……打算明天去看腦科檢查一下……」

「趕快回去吧！不然就來不及了。」

「醫……生啊……」

「怎樣。」

「我看已經來……不及了，能不能好心……呵……借我張床躺……呵……一下。」病人又張口打了個呵欠，「我天亮睡……呵……醒了再回家……現在眼……眼皮越來越沉重了……」

半夜三、四點，來了另一位恐龍老兄。

「醫生啊，我連續幾天晚上都睡不著覺，覺得很難受，想請妳幫我開點藥。」

「以前來看過嗎？」

「沒有。」

「有沒有什麼不舒服的原因讓你不能入睡，像是腰痛之類的？」

「那倒不會。」

「是一點也不想睡，還是想睡卻睡不著，或是很好入睡卻剛剛睡著就醒過來？」

「都會。」

「有沒有鼻塞、頭痛、頭暈、手腳無力等症狀？」

「睡不好的話隔天才會。」

「是今天才覺得難受的嗎？」

「不是的，已經難受了好幾個月，每天都這樣子。」

我很不高興。急診是治療臨時發生的病痛、外傷的，值班的醫護人員隔天還要正常上班無法休息。若病情真的很急，就算再晚、再累，也沒人會抱怨。可是……說老實話，像這種長期的失眠症狀，根本不屬於急診範圍。都難受那麼久了，早該看門診治療的，卻死拖活拖，等到某天臨時起意了才跑來。他難道不考慮醫護人員也是人，也要白天上班晚上休息的？

我不太客氣地問他：「難受了那麼久，怎麼不挑個白天來看門診？」

病人理直氣壯地說：「可是我白天都在睡覺，哪有時間過來。」

這是什麼答案！

「那你白天都睡飽了，晚上還來看什麼『睡不著』？這根本不算失眠吧！」

「怎麼不算？我就是每天晚上都不能睡，才會改在白天睡大覺的。但是就算每天睡了十幾個小時也還嫌不夠，整天都沒精力，所以想來開開安眠藥睡飽一點的！」

我頂他一句：「先生你真好命，可以一睡十幾個小時，像我們命不好的，能睡足七個小時就很慶幸了。其實任何人睡太久都會整天沒精力的。」

病人不同意：「可是我就是沒睡飽，還想多睡一點啊。」

我反問他：「那你要睡多久才夠？一天才只有二十四小時而已！」

看他不吭聲了，我繼續說：「你也該哪天撥個鬧鐘，選個白天爬起來看病。要不然天亮後撐久一點，早上不要去睡覺，就能來看門診了。總不成白天睡大覺，足足睡了三、四個月，一次都爬不起來吧？」

病人：「我哪可能白天爬不起來？沒那麼差勁吧！有啦，我有起來過好幾次，可是我爬起來是要跟女友約會的，要辦這麼重要的事，哪有時間來看病？」

聽到他這樣講，實在……「既然如此，都拖了那麼久，為什麼非得選今晚來看病，要吃安眠藥睡覺呢？明天白天看不行嗎？為什麼今天晚上非睡覺不可？」

「因為明天就要開始上班了，老闆很兇，白天不能睡覺。今晚再不入睡，明天打瞌睡會被老闆罵的。」

看看手錶，都快四點了，再吃藥睡覺……

我直接告訴他：「你現在吃藥，藥效會維持好幾個小時，白天一定會打瞌睡。萬一上班睡著了，不止老闆會抓狂，有時候還會發生意外。勸你不要吃藥，每天調整睡眠時間，逐步調回正常步調。再不行的話，請你白天掛精神科門診，那科是專門看睡眠障礙的。」

病人精氣十足地問道：「那我明天白天怎麼撐啊？」

我啼笑皆非地告訴他：「就當作你白天在與女朋友約會好了！」

如此貧民

不知從何年開始，「痲P」這個名詞就在醫院中流傳開來。所謂的「P」，可能指的就是「poor」，政府口中的貧民，可以領救濟金，看病又不必花錢。

在健保尚未推廣的時代，若是沒有保險，看任何病都是要花錢的。即使有了保險，遇到住院這種大事，也還是要自己出伙食費。

不能上班工作賺錢，又要付伙食費，還要讓家裡的人請假來照顧，至少也得每天花一趟車錢到醫院探病，種種因素加起來，讓許多家計負擔沉重的公勞保朋友，視住院為畏途，非不得已絕不住院。

可是貧民就不一樣了。政府會負擔住院的一切花費，幫他們付伙食費，他們看病、住院，是一毛錢都不用付的。

貧民平日只能領取少少的生活津貼，租屋子都不夠用。幸運有屋住的人，要將津貼全部拿來吃飯，也僅是圖個溫飽。可是一旦住了院，不但睡好床、吃好飯、吹冷氣，還有政府負擔房飯錢。若是臉皮厚一點的，向來訪的義工或慈善團體哭窮，還能收到一點慰問金。所以某些具有貧民身分的人就千方百計想住院，一旦住了院，死也不肯出院，非經三催四請，甚至要紅包收夠了，有人幫他們叫計程車，才肯出院。

其實大多數的貧民是真的很可憐，又很有自尊心的，連看病都很不好意思，他們才不屑佔這種便宜，前面提到的這種人只是貧民中的極少數。

可是一粒老鼠屎搞壞一鍋粥，這群熟面孔三天兩頭跑醫院，看的都是小病，要求的都是最貴的藥，動不動就要住院，住了院就霸著床位不肯讓，讓真正病重的百姓無床可用，而且才看過一家醫院就換到另一家，甚至有不肖者領了藥再賣給藥房賺錢，浪費醫療資源，讓大家很感冒。所以醫生一看到這群以貧民身分賺取利益的人，就以「痲Ｐ」稱之（痲，malignant 的諧音，代表「惡性」），久而久之，就說成習慣了。

話說回來了。

某天，急診就來了一位「痲Ｐ」。他西裝筆挺，打著領帶，油光滿面，一進門就坐下來大剌剌地說：「幫我辦個住院，病床要挑清靜的，旁邊不要給我住太吵的病人。」

「先生，你哪邊不舒服？」

「妳瞎了眼不會看啊！我的腳這樣子，妳看不出來嗎？妳還算是個醫生嗎？」

哇，他當我有透視眼，連褲腳都不拉高就要我下診斷……我請他脫去鞋襪並把褲管拉高，他才不情願地露出一截小腿。我低頭看看他的腳，只是靜脈曲張合併鬱血性皮膚炎，而且看起來已經好多年了，於是回答他：「腳沒怎樣。」

「妳沒看到腳都腫了嗎？」

「有靜脈曲張，腳本來就會有一點腫，每個人都一樣，沒什麼特別。」
「腳的皮膚都發黑了。」
「鬱血性皮膚炎本來就會皮膚發黑，那也沒什麼特別。」
「我不能走路。」
我頂他一句：「你剛剛走進來，走得很好啊！」
「腳都快爛掉了，醫生說我發炎很嚴重。」
我再看了一下。「沒有啊，從上到下沒有半點傷口，也不紅，也不腫，誰說你發炎的？」
病人的口氣很大：「台大的醫生，他叫我一定要辦住院。妳會比台大的醫生強嗎？」
「那你為何不去住台大？」
「那邊的病床太舊，又沒冷氣，住了不舒服。妳到底幫不幫我辦住院？」
我對他也沒好氣：「先生，你這個腳的毛病已經很久了，許多人都與你相同，只要沒發炎，沒其他的併發症，是不需要住院的。像那位……」我指著剛剛推車走過去的工友繼續說：「他的腳也跟你的一樣，他也不用住院，而且還能工作。」
「妳不讓我住？」
「不！」
他從鼻孔哼了一聲：「你們院長早上已經把床位訂好，並且交代過急診室了，只等我來辦個小手續。妳這般刁難，是不想幹了？」

我用眼角瞄了一下站在病患後方的護士，她眨眨右眼。

於是我大膽地回嘴：「沒有人交代過，況且你這根本不算是重病！」

他把手伸進西裝內袋，掏出一支大哥大……害我緊張了一下，還好不是掏出一把槍。（十幾年前大哥大是非常稀罕昂貴之物，不像現在人手一機）

「杜議員啊，我在X醫院，他們很不上道，不讓我住院。你幫我打電話到Y醫院去訂一張床，要新病房，有冷氣的，我等下就到。」說畢關掉話筒。

「妳真不通人情。人家Y醫院歡迎我都來不及，給妳面子妳還不要，等著我明天叫杜議員去砲轟你們院長，妳就知道了。」

說完，對一直呆立一旁的小弟說：「你去把車子開過來，我們去Y醫院。」

X光片

照片洗好了，X光技術員將兩張片子放上閱片機。

「外科鄭世傑跟內科江筱惠的片子好了。」

家屬們見到片子掛上架，一窩蜂湧過去，七、八隻手在X光片上面比劃著。架子前黑鴉鴉一片，人頭晃動，想擠也擠不進去。既然連片子都看不到，我乾脆坐在椅子上等。

「醫生啊，他的骨頭有沒有斷？」

「骨膜傷到沒有？」

「有沒有內出血？」

「筋斷了吧！你看這邊黑黑的。」一位看起來很權威的人指著片子的某一點，向另一個拿著安全帽的人揮揮拳頭說：「看你把我朋友害的，我要你賠償。」

「一旁說話……一旁說話。」拿著安全帽的人一把扯下X光片，拉著他說：「我們到旁邊談。」

兩人就拉扯著走到外頭去了。

「醫生啊，我們等了老半天，妳怎麼都不講話？」

「對啊，好壞都要告訴我們嘛。」

「我那侄子到底要不要緊，別吊我胃口。」

「你們是鄭世傑的家屬？」

話還未說完，一位二十來歲的年輕人發火了，指著我發飆：「妳在擺什麼臭架子？到底會不會看片子啊？看不懂就不要假裝……」

我慢條斯理的回答：「你們一群人擠在閱片機前面比手劃腳的，護士叫你們讓醫生先看也不肯聽。我只看到一堆人頭晃動，連片子都沒看到就被那位先生搶走了，你們叫我怎麼診斷。」

人群霎時安靜下來，讓開了一條縫。其中一位家屬這才發現：「咦，片子呢，片子怎麼少了一張？原本上面有兩張的。」

另一位家屬陪著笑臉說：「醫生，那麼另外這張片子請您先看吧。」

我瞄了一眼：「另外這張片子是坐在旁邊那位小女孩的，不是外科的。」

小孩的母親開口抱怨了：「對啊，你們這群人不要瞎摸亂擠，等下把我孩子的片子都給搞掉了。」

有位家屬忽然想起來：「ㄟ……ㄟ……快叫建志把片子拿回來，人家醫生要看！」

「對不起啦，不小心把片子拿走了，很快就會送回來。」

終於物歸原主了。

「他的肋骨沒有斷，肺部也沒有出血……」

看完片子，還沒把話說完，就被家屬插嘴問道：「那麼筋呢？筋斷了嗎？」

「對對對，還有骨膜有沒有傷……」

「內傷嚴不嚴重……」

耳邊頓時響起一陣鼓譟聲。

「你們通通閉嘴！」終於有位家屬出面維持秩序。

等周遭安靜了，我才開始解釋：「這是鄭世傑的胸部X光片，是看骨頭跟心臟、肺臟有沒有受傷，看不到筋或肌肉，就算筋斷了也看不出來。」

「你們醫院怎麼這麼差，連筋都不會照……」人群中傳出一聲抱怨。

「不會看就不要亂唬人！」剛剛那位年輕人衝口而出。

我瞪他一眼：「是X光片照不出筋來，全世界都如此，到美國也一樣，你不要誤會了。不信的話可以去問別家醫院。」

「可……」那位年輕人才一出聲，就被他姐姐拉走。

姐姐邊走邊罵：「別再丟人現眼了，你不相信她，總應該相信我吧！她說的沒錯，你不懂還搞怪。」

「那麼內傷呢？」一位五十多歲的歐巴桑追問著。

「中醫所謂的內傷，在西醫眼中並不存在，就算真有內傷也照不出來。」

「既然照不出來為什麼要照？」

「因為要看看其他器官有沒有受傷啊！『傷』又不是只有內傷一種。」

終於有些人滿意地點頭：「喔……」

「學問還真多……」

「就是說嘛，人家是專家……」

「誰說這沒有問題的？」剛剛搶片子的建志又開講了：「你們大家看，這兩邊黑鴉鴉一片，不是出血是什麼？還騙說沒有傷，明明就在大出血……」

家屬群中又發出三三兩兩的贊同聲：

「好大片的血塊耶！」

「你看那片瘀血好黑喔！」

「我上次腳扭到，照起來也是這麼黑！」

「有沒有危險啊？」

看他們這樣無知，我還真不忍心頂回去：「那兩片黑鴉鴉的，是每個人都有的肺部，肺部照起來是黑色的，連我們的工友都知道。不信你問問看！」

工友、事務員、護士、X光技術員都一致點頭，滿臉想笑卻又硬忍著的表情。

連小病號的母親都受不了。「其他東西我不知道，至少那是肺部不是出血我看得懂。我女兒肺不好，常跑醫院照X光，每個醫生都多少會教我一點。你們這群人也真是的，光在那邊瞎猜測，都不肯聽醫生解釋，等醫生講了話，卻又不去相信。」

搶片子的建志看他自己兩次發言都犯錯，頭一低就想走出去。

拿安全帽的先生追上去：「我剛剛答應要賠的錢不算數，醫生都說沒有事了……」兩人又跑到外面談判去了。

我走到第一號病人床邊，告訴他這個好消息：「世傑，照X光結果正常，吃吃藥就好了，可以起來了。」

接著回頭指著那群家屬之一：「你來扶他起床。」

站得最近這位擺擺手：「我？為什麼是我？」

「那你……」我詢問另一位。

他連退兩步：「沒我的事，我是另一邊（指肇事那邊）的。」

第三位連忙撇清關係：「我又不認識他。」

剛剛問內傷那位歐巴桑說：「叫你們工友來扶就好了，我可沒義務幫他。」

「奇怪，你們不是他的家屬嗎？怎麼大家都閃得那麼開？」我深感不解。

家屬們異口同聲的回答：「這個人我不認識。」

病人拉拉我的衣角：「醫生，我只有一個人來，他們不是我的什麼人。」

憋了好久，總算輪到我講話了。

我轉頭瞪著那群人，一字一句責備他們：「那剛剛技術員叫說『外科鄭世傑的片子好了』，你們幹嘛一窩蜂湧上前指指點點，擋著閱片架，亂拿片子，還鬧成一團？而且我剛剛問你們是不是『鄭世傑』的家屬，你們都不否認，講話口氣還那麼衝？」

家屬左顧右看。

「誰曉得你們還有其他的病人。」

「我才剛到，都沒講話。」

「我站在最後面的。」

「我又沒有擠。」

「阿片子我都沒有動啦！」

其中一位小聲地說：「我以為妳說的是施振義（指指另一張病床上的病患）的片子照好了，才急著叫大家過來看的。」

另外一位趕緊補充：「對啊，妳剛才檢查過他之後說要照片子，隔沒十分鐘片子就拿過來了，我還以為現在醫學這麼發達，人都不用起床就能照片子說……」

大哥，請擦汗

夏天到了，觀光客一群群騎機車出入馬公，但因為不習慣海沙覆蓋的路面，又不熟悉租來的機車，往往整團整團地摔，成批送進急診室，所以夏天院內經常忙成一團，一天要消毒好幾次器械。有天不知是沖到哪一路的，從早急診不斷，有削蘋果傷到的，窗玻璃劃破的，海邊咕咾石割到的，海鰻咬傷的，騎車不慎撞進坑洞滑倒的，閃躲貓咪摔跤的，中午吃飯時水槽內已經堆滿等著刷洗的器械。

護士把一批晾乾整理好打包的器械包放進消毒鍋：「醫生，消毒鍋剛上磅，要一兩個小時才能開鍋，急診只剩最後一包消好的器械，用完就沒有了。」

「怎麼不早點消？」

「昨天半夜也很旺，縫合包都用光了，早上一來我就開了一次鍋，不然哪能撐到現在。要不然叫醫院多買幾組器械，或買個大消毒鍋，就不必這麼麻煩了。由你們醫生去講比較有用。」

「去年就已經講了，只來得及編進今年的預算，要年底才標得到，誰想到今天每個病人都要縫，以往就算湧進七、八位觀光客也都只是小擦傷，根本不必開包。」

「東西用完怎麼辦？」另一位護士發問。

「那就把病人通通轉院，大家放假休息啊。」行政值班員打趣地說。

才剛吃飽，嗝都來不及打，病人又來了。三、四位年輕人押著一位朋友，抓著他的手衝進來：「快快快，剛才切魚手滑了。」

「你們都讓開，」護士邊講邊拿著器械盤過來，「這是最後一包器械，若是污染，就沒辦法縫了。」

「那最好。」說畢，傷者突然從病床上跳起來，打算回家。朋友們衝過去勸他，把護士擠撞到一旁，幸好她七手八腳穩住器械盤，才沒讓東西掉落。

「少年人不要那麼衝動，我這老人骨受不了各位的衝撞，斷掉就麻煩了。」護士笑笑地抱怨，那些年輕人也覺得不好意思，連聲道歉。

「各位幫幫忙，這些是消毒過的東西，不要靠近，不然傷口會發炎。」擺好器械，護士請他們閃到一旁，我則戴上手套開始處理傷口。正在清洗時，眼角瞄到一隻手伸向器械盤……

「你在幹什麼？」情急之下我對他大吼。

「沒什麼，借把剪刀用一下。」

「不是講過了，只要是消毒的東西就不可以亂拿，你怎麼都不問一下？」護士見狀趕緊上前抓住他的手，把剪刀奪回來。

「才用一下又不會壞，別那麼小氣。」年輕人嘟囔著。

這下子不僅那把剪刀不能使用，連他摸過的地方都算污染區。換作是平日，我會將整組器械更新，但現在僅剩最後一包，得想點變通辦法。還好剪刀是放在器械盤最角落，他伸手時沒有碰觸到其他地方，所以我將未受污染的器具移到對側，希望不要再出鎚了。

傷口消毒好，正準備拿痲針時，突然覺得後背生風，一位滿頭大汗的先生與陪同的小弟走了進來。

「大哥好。」所有的年輕人畢恭畢敬地稱呼他。

「你們忙，你們忙，我的手碰破了個小口子，來抹個藥而已。」大哥告訴護士。

「怎麼不趕快拿毛巾幫大哥擦擦汗？」小弟對那群年輕人吆喝著。

離我最近的那位伸手在褲子口袋摸索半天，掏不出東西，猛一出手，從器械盤抓起綠色的洞巾遞過去：「大哥請擦汗。」

「喔，完了！」我哀叫著，這是最後一條消毒的洞巾，已經沒東西可用了。不過身後傳來更悽慘的叫聲。

「啊——」一朵血花在大哥的額頭曼暈開來。本來擺在器械盤上的注射針頭，就這麼隨著洞巾……

三條筋

心情不好的人往往自找麻煩，拿刀亂割，弄得大夥兒人仰馬翻，不得安寧，不忙上幾個小時無法收拾妥當。等隔天酒退了，心情開朗了，再來呼天喊地，抱怨自己下手太重，埋怨傷口難看，煩惱石膏不能拆，後悔工作泡湯了，總之怨言一籮筐，對於所造成的傷害卻已經無法彌補了。

一天，整個小夜班平安無事。到了下半夜，兩位家屬扶著一位太太衝進來。她左手腕裹著一件外套，還雜亂地纏著一條紅塑膠繩。她一躺上病床就將左手高舉，白著一張臉，嘴唇顫抖。

「怎麼樣？」

家屬代答：「手受傷了。」

我伸手去解繩子。

「不能解！」男性家屬一個箭步擋在我與病人之間，「一解，血就噴出來了。」

在他說話的同時，血水透過衣物，沿著手臂緩緩流下來。

「她還在流血，不解開怎麼止血？」

「我好不容易才幫她止血、包紮好，妳一解開不就……」

我指著那條鮮紅的血跡問：「包好了？血止了？那這流下來的又是什麼東西？」

家屬看到紅色的血液流下來，對著同行的婦人叫嚷著：「小娟又流血了，快把妳的外套也脫下來讓我包紮。」

護士柔聲勸阻他：「先生，你已經到醫院了，醫師就站在旁邊，她非常專業，大場面看多了，放心交給我們處理好不好？」

他如夢初醒般回答：「喔，對呀，已經到醫院了，那就拜託你們了。妳不知道，剛剛那股血就像自來水一樣一直噴，我整個人都嚇呆了。」

傷口打開一看，其實也不是很大條的血管，但他們情急之下先綁上條橡皮筋，綁的壓力又不恰當，正好介於收縮壓與舒張壓之間，血液仍然可以從心臟經由動脈進入手掌，而回流心臟的靜脈壓力低，被繩子一綁，血管壓扁了，血液受阻無法流向心臟，就全部從傷口湧出來。這好比捐血時在手臂上綁的那條止血帶一樣的作用。我把亂綁一通的繩子與橡皮筋放鬆，靜脈不再受到壓迫，出血立刻緩和下來。再拿塊紗布壓壓，三分鐘不到就不流了。

家屬瞪大了眼睛：「好神喔，我越綁它越流，滴了滿地的血，還是醫生高明。」

雖然有一股衝動想向家屬炫耀自己的「止血」功夫，但終究還是忍了下來，只是淡淡地告訴他們：「以後不必綁得那麼辛苦，只要拿塊乾淨的布蓋著，像我現在這樣從傷口上方直接加壓，狠一點，不必擔心她痛不痛，沒有止不住的血啦。」

我繼續提醒：「如果臨時找不到乾淨的布，拿女性用的衛生棉或化妝棉，甚至乾淨的毛巾、手帕皆可，不必擔心消毒的問題。但衛生紙碰到血會糊成一沱，比較不適合。」

「謝謝，既然不流血了，那我可以帶她回去了嗎？」

「回家？總得等傷口處理完再回去吧！這樣的口子，好歹也要縫上三兩針才夠。」

同行的婦人突然想到：「血筋也要記得幫我們接回去。」

「小血管，不必接啦。」

「不必接？不接怎麼行，那麼大條還用噴的耶……」

「太太，血管一點都不大條，是因為你們綁錯方法才一直流血的。」

沖掉血塊，打完麻藥，拿鑷子將傷口撐開，才發現這下子有得瞧了。雖然只是小小兩公分裂傷，可是白晃晃的幾條東西隱約可見，心中暗叫不妙……果然肌腱斷掉了。

我對著一起來的男士說：「先生，她的筋斷掉了，要去開刀房接。」

「妳不是說小條的筋不必接嗎，怎麼現在又說要了？拜託看清楚一點……」

「不是血管的那種『血筋』，是真正的筋，控制手指活動的肌腱。因為筋斷掉了，所以這幾根手指就不能移動。」

同行的婦人聽得一知半解：「不是那個筋，難道還有什麼經？她的神經又沒故障。」

「我講的這個筋跟神經病的神經不同啦，是……」

從驚嚇中回神過來的病人插嘴：「不要騙我，我知道，一定是神經斷了，所以手一直麻麻的，現在連整隻手都麻痺不能動了。」

「妳割斷的不是神經，是肌腱、筋路的那種『筋』。」我跟病患解釋：「妳現在覺得手麻，是因為先前綁太久，再加上我現在幫妳打麻醉藥，所以才沒感覺的。」

這麼一說，病人與家屬通通搖頭：「到底有幾種筋？我們都聽冇啦！」

「有時間嗎？有的話我說給你們聽。」

「有啦，反正血已經止住，就不急了。」

「台語說的筋有三種，其實是四種。前兩種是會流血的血筋，正確說法是血管，分成動脈與靜脈。不管哪一條斷掉，直接加壓多半都止得住，這樣懂嗎？」

三個人一致點頭。

「第三種是神經，『經』唸起來與『筋』同音，負責聯絡你的頭腦與四肢，讓你有感覺。斷掉了會麻麻的，手腳不受控制，『斷腦筋』就是指大腦的神經出了問題，這樣懂嗎？」

三個人猶豫了一下，終於點了頭。

「第四種筋是台語說的筋路，連接肌肉與骨頭的，正確說法是肌腱，負責讓你肢體活動。這樣懂嗎？」

三人全都茫茫然搖著頭。

「唉，真難講……有了，你們吃過豬腳筋嗎？那條……」

男士笑了：「麥說笑，人又不是豬，而且人身上哪有那麼粗一條一條的。」

我再想想：「啊，有了，你們啃過雞爪嗎？雞爪上有一條一條白色不能吃的，就叫做筋，那就是她現在斷掉的部分，在雞身上是用來控制爪子活動，在人是控制手指活動的。」

病人看看自己的手：「我的爪子……不對，是手指，的確不能彎了。」

同行的婦人提出問題：「那麼筋斷了不接可以嗎？反正她的神經又沒有傷到。」

「筋斷了不接，就好像螺絲掉了不裝，或者鍊條斷了不接回去，那麼機器再怎麼運轉，也不會產生作用。所以非接不可。」

費盡一番唇舌，終於說動家屬點頭，簽了同意書送進開刀房。只是她拿刀片一劃，害苦了我一整晚沒得睡覺了。

指揮家

三個觀光客進來，其中一位腳底被牡蠣殼割破一個口子。

「怎麼受傷的？」

蓄短髮那位抱怨著：「你們這裡的海邊怎麼那麼多石頭，才下海走沒兩步就掛彩了。」邊說邊扶傷者上床躺好。

「醫生我跟妳講，妳不要給我偷工減料。」梳西裝頭那位先生開了口：「不要像以前那些老醫生，為了省麻煩，都不打麻藥。我跟妳講，我在醫院待過，事情該怎麼做我都知道，我會看著你們做的。」

護士先讓病人捲起褲管，轉身朝換藥車走去。

「妳現在是不是該拿瓶生理食鹽水來幫他洗洗傷口了呢？」西裝頭先生在問。

護士的手正巧停在生理食鹽水罐子上，嘟了嘟嘴，把鹽水拿回來，照他講的開始沖洗。

西裝頭先生對短髮的朋友說道：「你看看，我若是不提醒她，她一定會忘記沖水。」

沙子洗得差不多了，護士又去換藥車上拿東西。

西裝頭先生唸著口訣：「接下來，要拿消毒過的棉花棒把傷口擦乾淨。」說話的同時，護士的雙手正巧打開無菌棉棒包。她面無表情地做著被預告的動作，擦好之後轉身去抽藥。

「現在輪到打破傷風針了。」西裝頭先生先講給朋友聽，然後用質疑的口氣提醒護士：「小姐啊，妳不要忘記還有破傷風針還沒打。」護士抽藥的動作頓了一頓，臉上的肌肉繃得很緊。

打完針之後，那位先生又對朋友說話了：「你若是不盯著她做，她八成會忘記打針這件事。」

前置動作完成後，輪到我上場。我拿起棉棒準備沾優碘藥水。

「醫生，妳要記得消毒傷口，而且不要用碘酒，現在大醫院都改用水性的了。」

「你以為我不知道？」我沒好氣地回答。

「我想你們這裡比較落後，可能不像我瞭解那麼清楚。」

消完毒，我背對著病人戴無菌手套，並請護士拿麻藥來。

「醫生，妳該戴上手套了吧！」

我舉起雙手在他眼前晃晃。

「醫生，記得先打麻醉藥再縫。」

「你以為這根是什麼？」我舉起抽好麻藥的針筒，在他面前將筒中的空氣擠掉：「看清楚有排氣喔。」

才剛將針頭插入傷口旁邊……

「醫生，麻藥打太少會痛，妳知道要打多少才夠吧！」西裝頭先生繼續指揮著。

我開始推藥。

「慢慢的推麻藥，對了就是這樣，慢慢打比較不痛。」

我看了看傷口，心生一計。

「3／0尼龍線。」我以持針器夾著針頭去碰觸皮膚。

「指揮」先生急了：「不先檢查看看，怎麼就要開始縫了？」

「誰說我要開始縫了？」

「妳手上明明就拿著針線。」

我故意不理他，以縫針當勾子，把傷口的一側勾開來看了一下，接著拿起已經空了的針筒。

「指揮」先生又開口了：「喂，沒有麻藥了妳還不知道？」

「都麻好了，要麻藥幹什麼？我又沒打算幫他打針。」

「那……」

接著我以針頭當成器械使用，將兩三顆沙粒挑出來。「這麼多沙，不挑乾淨怎麼行。難道台灣大醫院從來不挑沙的，還是台灣的馬路上沒有砂石？」

「……」

我特意拿起紗布抖一抖。

「指揮」先生馬上用懷疑的口吻質問：「妳難道不縫就要包起來？」

我緩慢地以紗布擦拭傷口內部沾染上的泥沙：「清乾淨一點不好嗎？」

「好……好……」

我接著再度拿起針筒，抽取了一滿管的無菌水。

「指揮」先生終於逮到機會找碴：「早就叫妳麻藥要打夠，現在不夠要補打了吧！」

「補什麼？你沒看過大醫院都用水在沖洗傷口的嗎？你不是待過大醫院的嗎？」

「對對對，想起來了，我看過，大醫院是這麼做的。」

沖完了水，應該要縫了。此時「指揮」先生又再度展示學問：「醫生，要先縫裡面的肉，把筋補好，才能縫表皮。」看他這個愛現的態度始終不改，實在很令人不爽，於是……

我先用線將一側的表皮縫上一針。

指揮先生怒沖沖地提醒：「妳忘記縫裡面的肉了，我不是告訴過妳……」

我將這條線以蚊式鉗夾著，請護士拉住，讓傷口保持敞開，接著拿起剪刀。

指揮先生：「線還沒打結……」

我用剪刀修去一小粒染上泥土顏色的脂肪球，瞪了他一眼，慢條斯理地說：「難道大醫院不把壞死的肉剪掉再縫？」

那位一直沉默的傷者終於忍不住了，對指揮先生說：「你閉嘴行不行！人家醫生護士都懂得比你多，也知道該怎麼做，你就不要在一旁指揮人家，放手讓他們做吧！」

我們的水準比較低？

十一點多，候診室還有十幾位病患苦候，大家都顯得有些焦躁不安。突然從走廊衝進來一位三十多歲的知識分子（姑且稱為B先生），一進門就大聲嚷嚷：「快一點，我趕時間，這裡受傷先幫我擦擦藥。」

護士：「先生你要看病嗎？看病要先掛號喔。」

B先生：「看什麼病？又不是什麼大事，只是小擦傷而已，隨便抹抹就好。」

護士：「話不能這麼說，還是要讓醫生檢查看看要不要緊。」

B先生：「妳怎麼這麼囉嗦！擦個藥還要掛號那麼麻煩，台北都不必這樣。我乾脆找藥房抹抹還比較快。」

這時我忍不住對他說：「先生，你如果自己覺得沒什麼大不了的，又不願意掛號，何不照你所說的，找藥房擦藥，又不用排隊等……」

B先生：「醫生怎麼可以叫病人自己上藥？都流血了，不來醫院處理怎麼行！」

「既然你要讓我們治療，就應該依照程序來做。何況我幫你檢查完還要作記錄開藥……」

「記錄幹什麼？我又不是要告誰！」

旁邊的病人聽了也忍不住插嘴：「少年ㄟ！醫院做事有他們的原則，該寫的就要寫。我們大家都在排隊等，你插什麼隊。」

B先生：「可是我要趕飛機。」

「既然你趕時間，」我告訴他，「又是剛受傷，符合急診條件，不如去掛急診，值班醫師可以馬上幫你處理，又不必排隊。掛門診還要照號碼排。」

話還沒講完，他轉身就走。

原本以為沒事了，過沒幾分鐘他又轉回來，全然無視於診桌旁坐著那位衣物掀露一半的老人，把一本病歷用力甩在桌上大聲說：「掛好了，可以抹藥了嗎？」

我看他掛的是一般門診，就跟他解釋：「你掛的是門診的號，要照順序排。前面還有幾位病人已經等了快兩個小時了。請先外面坐。」

B先生發火了：「我不是說過我趕時間嗎？」

我：「既然很急，剛才就建議你掛急診可以馬上看，你為何不掛呢？」

B先生：「掛急診還要『多繳錢』，我不願意！」

候診間隱約傳來幾聲輕笑。

我：「既然要省錢，就要照排隊。何況外頭還有幾位病情較重的老人，一早就掛號在排了。」

我指著外面一位七十幾歲快坐不住的呻吟老人。其實那位病患是因為要等檢驗報告出爐，所以先到候診區休息。

他轉頭掃視全場：「我的病情比他們緊急。」

幾位原本快笑出來的病人，趕緊收斂神情，裝出一副不在意的樣子。

「你們說是不是？讓我先看如何？」

這時，坐在診桌旁看了一半的老嫗站起來：「少年ㄟ，給你先看好了！老人時間多。反正我已經從清早排到現在，再多等幾分鐘也無所謂。」

兩位年輕的病患擺擺雙手做出讓位的動作。

外面幾位老人只顧著聊天，也沒提出抗議。

B先生拉起褲管讓我檢查上藥。

我：「開藥給你。」

B先生：「不要。」

我：「打破傷風預防針。」

B先生：「隨便。」

我：「好了，你可以去打針趕飛機了。」

B先生不爽地說：「那他呢？」

我愣了一下。哪個「他」？這才發現病人身後多出了一位八、九歲的小孩。

B先生：「他也受傷了，妳為什麼不幫他擦藥？」

奇怪，剛才他怎麼都沒提到小孩的事？

我問：「他的病歷呢？」

B先生：「什麼？小孩也要掛號？坑人嘛！又不是真的要看病！」

說畢，掉頭走出去，留下我跟小孩大眼瞪小眼。

過了幾分鐘，他又轉回來，把病歷丟到桌上：「喏！給妳。」

小孩掛的號至少還在十幾號之後，不過這時候診間內大家都裝出一副不急的表情。於是我先處理小孩。

父子倆離去後，診間又恢復原有的氣氛，不過輕鬆多了。

模糊中聽到有病人在唸：「常常聽到台灣人嫌我們澎湖人沒水準，今天看起來，台灣人也不過如此。」

而我，一肚子火，到現在還沒消呢！

有學問的病人

病人走進來，一副很有學問的樣子。「醫師呀，我的病情很複雜，請妳聽我詳細說明。」

「好，請說。」

「我的心臟不好（低頭翻翻皮包，拿出一疊空藥袋），妳看，這是台大某某主任開的，這個是吃心血管狹窄的，這個是吃降血脂的，這個是控制心臟不要亂跳的，還有這個是胸口悶悶不適時含的……」

我扭動了一下。

「還有，不要急，妳看這三包，寫的是長庚開的藥，也是一樣治心臟的。因為台大不好掛號，所以我後來改掛長庚拿藥。還有，（抬頭瞪了我一眼）這兩張是高醫做的心導管結果。因為我三兒子邀我去高雄玩，就順便做了檢查。醫師啊妳先看看，可要詳細記錄啊。」

我雙手如捧聖旨，戰戰兢兢邊看邊抄，病史大約是「心臟血管阻塞引起心肌缺氧、心絞痛，又合併心律不整」。想想病情很嚴重，我又不是心臟專科，如果真的有那麼多問題，可能得幫她轉介給專家評估。

「妳看完了嗎？還有這些資料……」她又從皮包抽出一大本詳細的體檢報告。「這是我今年做的檢查，說腎臟也有結石，而且有水泡，肝臟也比較差。」

我輕嘆一口氣，真的很複雜！

「耶！弄錯了，這是去年的報告，」她翻翻皮包，拿出更厚更大的一本報告。「這本才是今年的，我剛才拿錯了。」

我才翻不到兩頁，她又說話了……

「先不要急著看前面，我告訴妳好了。結果在這裡，」她翻到最後那一頁的總結篇，以手指用力點了幾下。「妳只要參考這裡就夠了。」

我才剛低頭，眼前的報告本上又多了三包藥丸。

「還有，我有糖尿病，這些是我吃的藥，一共三種。最初是吃這種，」她比一比第一包，「後來還不行又加上這種（指著第二包），然後去長庚又幫我改藥，變成吃這兩種，」她指著第一、三包，「現在回澎湖找衛生所主任看，又幫我改回原先拿的藥，但吃法改了。」她挑出第一、二包，指著藥袋上的吃法強調著。

「要看清楚喔，現在是一天吃兩次，而不是藥袋上面寫的一次。」接著低頭翻找一番，拿出一本小冊子指著說：「妳看看，我現在的血糖值控制得不錯，不是嗎？」

我邊抄邊苦笑著回答：「對，對，控制得還不錯。那其他的器官還有問題嗎？」

「當然有的，我不是告訴過妳病情很複雜嗎！妳要有點耐心。」

（呼——我這時候的耐心雖然還沒用完，可是手卻快寫斷了！）

「三總那位主治醫生是我鄰居的小孩，他上次幫我看過，說我有一點腦神經衰弱，可能就是這樣，所以我才常常頭暈眼花睡不好。他給我開這個藥……（掏出四、五顆藥丸）可是我們那兒的衛生所主任看過，說是安眠藥，叫我不要太常吃；在北甲開藥房那位許先生看了也這麼說，因此我真的睡不著才吃一次……」

我揉揉抄寫得發酸的手回答：「說的沒錯，有些藥是有副作用的。還有其他病情要告訴我嗎？」

「大約就是這樣了。（我鬆了一口氣！終於講完了）像胃不好、眼睛疲勞、骨頭退化、缺鈣這些老症狀，在你們這裡已經有記錄，我就不再提了。」

我低頭看看寫了一整頁的病史，試探性地問她：「那妳今天要來看怎樣？是心臟還是哪邊出了問題？若是太嚴重的，要轉介給專家才行。」

她馬上說：「不必，若有那種情況我也不會來找妳，我直接上台灣看。」

我又問：「那是藥臨時吃完了不夠吃，要先開幾天份嗎？」

她說：「也不是。心臟藥我在長庚拿了一大包還夠吃，高醫的藥也有剩。」

「那是糖尿病的問題？」

她驕傲的說：「也不必，衛生所那邊幫我控制得不錯。」

「那……」

她笑了笑說道：「妳也別猜了，反正猜不出來的，因為這跟我剛剛報告過的那些病情無關。」

（我突然湧起一股被當成猴子耍的感覺）

「是這樣的，我的右手（掀起袖子）長這顆東西已經半年了，想讓妳看看。」

我看了看，很簡單，是顆疣，需要電燒去除。因此我告訴她診斷結果，接著把治療的危險性與預後解釋給她聽。

「不必了，那些我都知道。」她打斷我的話，篤定地回答。

啥？都知道！那妳是來考我的？雖然心裡暗唸著，可是不敢說出口。

我以探詢的口氣問她：「妳怎麼會知道？難道妳看過醫生？」

「我上次去拿心臟藥時就順便看了，三總那位醫生也是這樣說。可是我不放心，又跑去找另一位很有名氣的開業皮膚科醫師，所以我知道妳的診斷沒錯。」

我暗自鬆了一口氣，還好沒診斷錯誤。可是心中有點火：「那妳已經知道了還來看什麼？」

她說：「因為台灣已經安排我下週去開刀，由皮膚科主任主刀，就像妳說的那樣，可是我聽說妳看皮膚看得不錯，所以開刀前再來確診一下。」

幸好沒漏氣，我慶幸著。喔——已經安排好要去了……

病人站起來，收拾一桌子的藥品與資料，說：「謝謝妳，那我走了。」

「妳不必開什麼藥了嗎？」

「不必了，再見。」

講了那麼多，花了十幾分鐘，望著寫滿一整頁的病歷，我實在不知道該哭還是該笑……

降龍伏虎擒魔爪

病人走進來，很沉重樣子，坐下來時還唉了兩聲。

「怎麼啦？」

「腰好痛。」

「痛很久了嗎？」

「都兩三個月了，怎麼看都看不好。拳頭師說我的骨頭跑掉了，脊椎歪得很厲害，我很害怕，所以想詳細檢查一下。」

「把衣服拉起來讓我看看。」

她掀起衣物，露出一小截腰部，以手比劃著：「起先在這裡，後來跑到這裡，現在這裡、這裡、還有這裡都會痛。」

我只看到五根塗了紅豔豔指甲油的手指，飛快地在身上按壓著，還來不及看清楚位置，她就將衣服蓋下來了。

「怎樣，看清楚了嗎？」

我委屈地說：「我只看到妳的手在動，還沒看清楚妳就不讓我看了。」

「喔，對不起，我忘了妳也要摸摸看，只顧著講話。請再幫我檢查一次。」於是再度掀起上衣讓我觸診。
我順著脊椎骨往下摸，才摸沒兩節，猛不防手背一痛——她的指甲刺到我！
而她毫無警覺地說：「是這裡痛啦，妳沒摸到。」
我忍著痛回答：「妳把手拿開好嗎？我附近也要摸摸看的。」
「好的。」手縮回去了。
「是這裡嗎？」
「不是。」
「是……」我的手趕快縮回來。她的手指又重重戳在腰上，差一點害我的皮肉遭殃。
「這裡啦，妳都沒摸到。」
「不是沒摸到，是別的地方也要一起檢查的，所以從上面摸到下面。妳不是想要我詳細檢查的嗎？」
「對了，我都忘了！現在我瞭解了。」
「那這次手不要伸過來囉！」
「好。」
「這裡？這裡？」我邊檢查邊問。
她的手突然晃動一下，我反射動作將手縮回，比觸電還快。幸好這次她只是去抓癢，手沒有比過來。

「這裡會痛嗎？」

「對了對了！」

忽然魔爪一抓，我想躲都躲不開，用力之猛，連指甲都陷入我手腕的皮肉中。

可是她好像哥倫布發現新大陸那般興奮，把我的手腕用力握住，在身上拚命指指點點：「喏，這裡、這裡、還有這裡……」

「太太，妳不要比，讓我自己摸看看行嗎？我的手都被妳捏痛了。」

「對不起，我又伸手了。」我低頭看看飽受摧殘的手，四、五個指甲印鮮明異常，還好只是擦破了點皮。

「太太，請妳把雙手合握，放在肚子上，雙手不准放開，聽懂了嗎？」

這次終於順利檢查完畢。

「妳的龍骨沒有歪，也沒有跑掉，只是脊椎骨旁邊的筋拉到了，沒太大關係。吃吃藥、多休息就會好。」

「不必打針嗎？」

「不必。」

「不打針怎麼會好？」

「會好的啦！打針只是暫時止痛而已，治療主要靠吃藥及休息。」

「可是我現在很痛啊！」她整個人忽然失去剛剛那股興奮勁兒，又開始呻吟。

我心中犯嘀咕，其實我的手才真的痛呢！

她還不相信地辯說：「而且拳頭師交代過，一定要到醫院打針才會好。」

「拳頭師又不是醫生。」我不悅地頂回去。

她繼續說：「而且我有胃潰瘍，才剛出過血，醫生特別交代不要亂吃藥。（哈！總算說到重點了）所以西藥都不敢吃。那我這麼痛怎麼辦？」

「好吧，」我說，「既然胃潰瘍才剛出血過，那真的不適合口服止痛藥，很痛的話我幫妳局部打一針。建議妳去做復健，這樣不必吃藥又能恢復。」我把注射單交給她。

她接過藥單時忽然兩手一抓——天哪！十根指甲……

「謝謝醫生，妳看得真仔細。」

「趕快放手，妳的指甲又刺到我了。」

「啊，對不起。奇怪……我都沒有感覺到……」

「算了，趕快去領針劑吧！」

「好的，醫師。」她站起來又忽然想到：「那妳幫我開幾天藥？」

我以為耳朵秀逗了。「妳不是剛剛才潰瘍出血嗎？所以不要吃藥比較安全。而且又打針又拿藥，保險會刪。」

她以急切的口氣要求：「可是出血是去年的事了，我想吃藥應該沒關係了。更何況，妳不是才幫前面那位病人開了一種新的不傷胃的藥……」

都是妳的話！可是看看她蓄勢待發的雙手，無堅不摧的指甲，想把注射單拿回來取消掉針劑，已是不可能的事了。而且我不想冒險，所以配合著加開了一張口服藥單：「這樣好了，我開兩天份的藥，妳先吃吃看。」

「兩天哪夠，至少要開上一兩個禮拜……」

「先開兩天吃吃看，怕吃了傷胃。」

她信心滿滿地說：「不會啦，你們醫院的藥我吃過都不傷胃的，妳儘管開。」

「不行，又打針又拿藥，只能先拿兩天，不然我都不開了。」我威脅她，其實才不敢伸手向她搶回針劑藥單呢。

「好吧，先吃吃看吧。」她接過單子輕快地走了，一點都沒再唉痛。

我跟妳講

前一位病患剛走，桌上還擺著一堆沒寫完的病歷與待整理的報告。我想等寫完再叫下一位，可是猴急的病人已經自行走進來了。

她一進門就大剌剌地坐下，開始說話：「醫生我跟妳講，我頭痛。每天早上起來都痛，從後腦勺痛到眼睛，再……」

「請妳在外面等一下，還沒輪到妳進來，我寫完這本病歷再幫妳看病。」

「好的，我就坐這邊等一下。」

「……痛到眼睛之後就會想吐，我都吃……背後會……腳抽筋……心窩……」我低頭專心寫眼前的病歷，起先沒注意她還留在診間內，後來聽到她仍不斷陳述病情。

「歐巴桑，妳能不能去外面等，我把剛剛那幾位病人的資料整理好再讓妳進來。妳現在講的我都沒有在聽。」

她不知道有沒有聽懂。「沒關係，妳寫妳的，我講我的，妳隨便聽聽就好。」

「這樣不好吧！會影響到我的工作。請妳安靜一下，先出去，等下才進來講如何？」

「好吧。」雖然口中應好，雙腳卻像生根一般地動也不動。「那我安靜的等……」

「……其實我這腰痛也十幾年了，長庚的……」

我不管她了，專心寫病歷。只感覺耳邊轟隆隆一片，她似乎不肯住口。

病歷終於寫完了，卻發現講話聲音早已停止。抬頭一看，她安靜地端坐著。

「妳現在可以講了。我來幫妳看病。妳要看怎樣？」

「沒事，我只是要拿兩條香港腳藥膏。」

什……什麼？妳……

「只要拿藥膏？」

「對，兩條，上次看皮膚開過的。」

「那妳剛剛不是說了什麼頭的還是腰的一大堆？」

她一副無所謂的表情：「那些病徵妳聽聽就好了，今天又不是要看那些的。我來只是想拿藥繼續擦而已。」

「可是妳說的我都沒在聽，剛剛我就告訴妳了。」

「沒聽到也沒關係，反正我說完話，人就輕鬆了。妳問那麼多幹什麼？藥膏到底給不給我開呀？」

妳把藥開好了沒有？

「醫生啊，我今天要來看腳。」

「腳怎麼樣？」

「我這個腳已經五年了，每到冬天就發作，都是從大腳趾開始，越跑越高。」

她拉起褲管，我還來不及低頭細看，褲管就放下來了。

「然後往上跑，搞得全身都不對勁。還有這個腰也不舒服，就是這種天特別難過。」她伸手比了比我的腰繼續說：「然後往上竄……」

「等一等，妳剛剛說腳怎麼樣？」

「我剛才一進來不就說過冬天會不舒服了嗎！其實妳也知道，我不是個愛抱怨的人，可是每回吃了媳婦煮的飯菜，腸子就會不順，說拉也不是拉，痛也不怎麼痛，反正就是有問題啦，妳應該瞭解我在說什麼？」

「我不太……」

「妳明白就好，不明白的話還以為我在挑剔。我也不想為難媳婦，所以現在都自己煮，可是妳看看我這個手……」

她翻了翻戴滿戒指的手掌，沒等我看清楚，手就縮回去了。

她繼續講：「外面的醫生說我有富貴手。妳評評理，我哪有富貴命喔！三十歲就死了丈夫，打拚到現在也享不到清福，不是頭暈，就是腰酸，沒一天好日子過。若要說起當年……」

「太太，妳能不能停一下，一次說一樣，一開始說腳是怎樣的不舒服？」

「就是這個腳啊，不是告訴妳會難過的嗎，妳到底有沒有在聽？阿這發作起來真會要我的命，讓我整晚睡不好。妳也知道，上了年紀的人了，睡醒就想跑廁所，再來就睡不著了。提起這膀胱也是老問題了，今天沒時間，就不談了。」

她忽然停頓下來：「醫生，我進來好久了，妳把藥開好了沒有？」

「藥？太太，妳從頭講到尾，都沒給我檢查的時間，叫我怎麼開藥？」

「我不是把手腳都讓妳看了嗎，怎麼說沒給妳檢查？讓我等那麼久，說得口都乾了，假如是以前那位老醫師，早把藥單寫好了。」

感冒

連牆壁都會流汗的南風天，濕氣特別重。早上太陽下午雨，三天颳風兩天曬，忽冷忽熱的天氣讓小孩子紛紛感冒。等這波感冒潮達到最高峰，成年人也一一病倒。前晚睡覺就已咳聲連連，一早起來更是通體發燙。想請人代看門診，可是其他醫生不是出差就是開急診刀，找不到幫手，只好硬著頭皮自己看。

老天爺好像很愛開玩笑，一大早就掛了四、五十號，後面的病人還接連不斷，看來今天會破單次門診記錄了。我打起精神，以太空漫步的速度開始看診。

病人寬衣解帶的時候，我聽到外面候診室有位年輕人在高談闊論：「醫生眼中只有錢，連身體都不肯顧。為了賺錢，一天看兩、三百個，到後面幾號都嘛隨便看看。有時候明明很累了，還不肯停止掛號，就怕病人跑掉。其實身體不好就不要逞強，應該早早去休息，少看點病人又不會怎麼樣！反正這家掛不上號，還有其他診所可掛，又不是只有他一個醫生懂得看病。就像太泉路的XX醫生……」

「醫生，我衣服拉起來了。」病人打斷了我的偷聽。哎！她的動作怎麼這樣快，害我聽不到後半段的精彩言論了。

檢查之後發現她的病不嚴重：「不是肺炎，只是喉嚨發炎。多喝水，多休息，很快就好了。我開藥給妳吃。」
「醫生那妳呢？」
「我？」
「就是啊，妳不也感冒了，怎麼還不回家躺。」
我苦笑一下：「我若是回去休息，妳看這一屋子的病人怎麼辦？」
「不會找其他醫生幫忙啊？」
「要找得到我早就找了。其他人不是出差就是開刀，算我今天苦命……」
「那我就不跟妳聊了，妳自己多保重。」
聽了病人窩心的一席話，精神好多了，可惜對病情沒有幫助，似乎燒得更高了。
「孫姐，」我叫著護士：「鄒醫生開完刀了沒？我快撐不下去了，請他下刀後過來接班好嗎？」
「我打電話去問問……已經開始縫了，還要半個多小時。妳能不能再撐個二十幾分鐘再走？我這桌上的病歷都已堆到第三排了，若現在就離開的話，病人會吵架的。」護士勸我。
「好吧，我再撐一下。」
又看了五位病人，全身冒汗、口燥唇乾，老病人也察覺到我身體不舒服，連連勸我先去休息，他們願意等另一位醫師來接班。
看看錶，鄒醫師應該快來了。

「孫姐，」我叫著護士：「我看完這位就收了，其他的等鄒醫師吧。妳去解釋給外面的病患聽，請他們多多包涵。」

眼前這位病人出去，我開始收拾桌上的紙筆，剛剛在候診間高談闊論的年輕人闖進來：「妳怎麼不看了？」

「我感冒發燒，已經撐不下去，所以先休息，馬上會有人來接班。」

「妳這什麼意思？」他氣呼呼的拍了一下桌子，「我看妳有說有笑的，跟前幾位病人都能打屁，哪有什麼不舒服？說感冒是騙人的！妳是不是看我不起，藉故走開？」

我以沙啞的聲音回答：「不是，我真的病了……」

他突兀的冒出一句：「醫生怎麼可以生病？」

奇怪，醫生也不是長命百歲活神仙，為什麼不能生病？感冒也夠痛苦的，要是有選擇，我還不想生病咧！

他滔滔不絕地說下去：「醫生應該把自己的身體顧好，不可以生病，請病假會影響病人的權益，太沒有責任感了。再說要生病也不挑個時機，沒看到今天這麼多患者在等。」

哇咧，生病還可以選時機的？我可是第一次聽到！

他振振有詞繼續說：「我告訴妳，我今天掛了妳的號，妳就要幫我看，不能丟給別的醫師。我從早上八點就坐在這裡，妳看病看那麼慢，沒看幾個病人就想走，分明是在耍大牌……」

「不是，我現在燒得很厲害，很難過。你剛剛不是說『身體不好就不要逞強，該早早去休息，少看點病人又不會怎麼樣』……」

「妳不准走！我就是下一號，不願意再等了，妳沒幫我看完不准離開。」

「可是我現在頭昏腦脹，沒體力看病，萬一把你看壞了……」

「這是藉口！我告訴妳，今天我這個人交給妳，妳就要全權負責，不准轉給別人看，若妳不仔細幫我治療，我就去告妳。」

碰到這麼無理強悍的人，就算我沒生病也很難與他溝通，更何況現在。只好打起精神問診，還好只是簡單的小便問題：「先去驗尿吧。」

他看穿了我的想法。「妳不能趁機離開，驗完尿我還要看到妳。」

「怎樣？」他把尿液報告丟在桌上。

「嗯……這不太妙……」

「怎樣不妙？」他開始緊張了。

「尿中有血。」

「嚴重嗎？那要不要找別人？」

「尿中有血當然很嚴重。這本來該請泌尿科專家看，但是既然你不准我把你轉給其他醫師，一定要我負責醫到底，只好由我幫你治療了。」

其實他只是泌尿道結石發作，很好醫的，而且只要是醫師都有資格醫治，還不必動用到泌尿專科醫師。依症狀來看，石頭昨晚就排出了，現在也不會痛，只要兩三天後排個攝影檢查照看看就行，一點都不趕時間。

他緊張地問：「妳是不是泌尿科的？」

「不是，但你既然要我包醫……」

他連連擺手：「我是在說笑的啦，妳趕緊幫我轉泌尿科，現在就轉。」

「是你不給我看的喔！」

「我不要給妳看，快幫我轉診。」

「我認識一位很棒的范醫師，可是他看得慢，一診只能看四十人，早就額滿，掛不進去。另一診鄧醫師風評也不錯，我幫你安排……」

「醫生怎麼可以限號？太不敬業了，他難道不肯為病人著想嗎？我不要看鄧醫師，妳現在就幫我加掛范醫師。」

「你不是說『醫師不該超額掛號』，『不該為了想賺錢看那麼多病人』的嗎，反正泌尿科醫師很多，他的診掛不上，還有其他人可以掛，他們也都是專家，又不是只有范醫師才懂得看病。而且掛太多號，看到後來沒體力會看不仔細的。」

「誰會說那種沒水準的話？限號？醫生為病人賣命是應該的，不該讓病人掛不上，妳必須負責幫我掛范醫師，今天就要插隊。」

「對不起，我只負責幫你轉診，掛誰的號不是我的責任，更沒有義務幫你插隊加號。我安排專科的鄧醫師就已經盡到責任，既然你拒絕鄧醫師，只好請你自己去找合意的醫師了。這是轉診單，去辦手續。再見。」

醫生絮語

轉診的目的是醫生將自己無法治療，或不專精，或設備不足無法進一步檢查的患者，轉給專家或設備更好的醫院治療。若是自己能治療，就不必轉診，也不應該「依病患指示」將小型醫院就能處理的輕病轉給大醫院，或者為了討好病人，專門指定給某位名醫看。只要接受轉介的那一方有專業能力處理這種病情就可以，沒有義務一定要把病人轉到某位特定醫師手中。如果病患想找其他醫師診治，也可以自行安排，不能強制要求醫院幫他加號或插隊。不過，對於偏遠地區轉來的個案，大型醫院通常會通融讓病患加掛。

就是這邊

七十多歲的老榮民，才進門就大聲嚷嚷：「疼死我了，這輩子從來都沒這麼疼過。」

「先生您先坐下來，再告訴我哪邊疼。」

「就這腿子嘛，就在這裡，」他比了比右大腿中段。「媽的，連當年抗戰被日本鬼子的槍子兒打到，都沒這麼難受。」

「我摸摸看。」說畢伸手過去按了按。

「唉喲。」

「疼嗎？」

「那當然。」

「那麼這邊呢？」我再按按旁邊一點。

「醫官，您沒摁對地方。」他把手伸過來。

我想到〈降龍伏虎擒魔爪〉那篇遇到的怪手，趕緊縮手，可是還是被他一把握住。

他抓著我的手在腿上按著，「就是這裡、這裡、還有這裡……」又加把勁更大力的壓下，「哎呀，疼起來真要人命。」

趁他齜牙咧嘴叫疼的機會，我將手縮回捂著。他的手勁還真強，把我的手都壓疼了。

「醫官，還有這邊。」邊說邊用拳頭敲著自己的大腿外側，「哎哎哎……」

「你不是說會疼的嗎？」

「當然會疼，不疼我來看您幹嘛？」

「那為何敲那麼大力？不是弄得你更疼嗎？」

「我現在又不會疼，疼的話我哪敢用力敲呀！是每天半夜才發作的。」

「現在不疼，那為何一直唉叫？」

「不這樣唉，您就無法瞭解我痛到什麼地步。上次光用講的，那醫官以為我只是小毛病，沒怎麼在意地隨便開開藥，吃了都不見效，害我連三個晚上都沒法子好好睡覺。今天這麼比劃著，您該能瞭解這發作起來痛到什麼地步，醫官請幫幫忙，救救我，開強一點的藥吧。」

雕像

他一定是來看病的。從我喊這位阿婆的名字他就來了，像雕像一樣站在門邊不動，盯著桌上的病歷本，專心聽我與阿婆對話。

「讓我看看妳的背。」

阿婆才剛站起來，他一個箭步衝過來搶椅子：「輪到我了。」

「等一等，我還在檢查。」我幫阿婆檢查完脊椎後，再請她回座位。

他貼得更近了，幾乎要越過阿婆的頭望向我的桌面。

「你可以退後一點嗎？」

「下一本就是我的病歷。」他伸手指著。

「知道了。那你可以稍稍退後一點嗎？」

「我又沒怎麼樣。」

「你把光線擋住了。」

「喔……」他這才不甘願的退後半步。

老婆婆看完，拿了藥單站起來，還沒挪開腳步，他就一屁股坐下來，差點把阿婆撞倒。

「你是黃天來？」

「對，我是黃天來。妳害我等好久，我要趕時間！我從上週六半夜開始發覺頭跟肩膀痛了起來，就從……」

他講得很流暢，把部位與症狀一條條列出來，可見是有備而來。

我就喜歡這種病人，能把握重點，不像另一位阿婆，一坐下來就從她當年生八個小孩開始講，直到嫁女兒的往事說完了，還弄不清楚就診的目的。即使我一直打斷她，要她只講現在的症狀，可是不知是她耳背沒聽到，還是她自己也搞不清楚哪邊不舒服，到最後我才弄懂，原來是便秘，要拿藥吃。

老婆婆突然轉回來：「醫生，這藥怎麼吃？」

「剛剛不是講了一天三次嗎？妳領藥之後直接問藥師，他們會再講一次給妳聽。」

阿婆又問一次：「怎麼吃？」

男病人沒停嘴：「……肩膀會酸……」

阿婆：「吃幾顆？」

男病人繼續講：「……連手指也……」

「停！」我試圖請阿婆暫停一下。

阿婆：「要吃飯前還是飯後？一次幾粒？能不能……」

男病人也不管老婆婆還在發問，繼續他的陳述：「……有點燒燒的……」

「停！」我轉向男病人，希望他能等一下。

阿婆：「睡覺前要不要吃？」
男病人：「……麻痺的感覺……」
阿婆：「有沒有加胃藥？」
男病人：「……從來沒有發生過這種……」
兩位病患爭著與我講話，男女聲交相呼應，好像在演混聲合唱。
「兩位都停下來不要說話。」我想到阿婆重聽，提高了音量。
診間瞬時安靜下來。連門外候診的病人都噤若寒蟬。
「先生你能不能等一等，讓阿婆先講完。」
「她不是看好了嗎，怎麼還不走？」
「因為她還有問題要發問。」

老婆婆終於聽懂離開了，我轉身問他：「你要看怎麼樣？」
「我從上週六半夜開始發覺頭跟肩膀痛了起來，就從……」他把先前講過的話，順序不亂的重頭講一遍。看他專注的表情好像在背書，我也就識趣不打斷他，免得中途停下來害他忘了，又要重新開講。
「……所以診所的醫生要我來看心臟科，做心電圖與……」
「等等，你說診所要你來看心臟科？」

「對啊，我掛了心臟科三號，你們一直拖，都十幾號了還不叫我的名字，我只好自己闖進來插隊。」

「那你走錯了，這裡是外科，不看心臟，心臟科在隔壁。」

「怎麼會，這本病歷明明是我的，我從一進門就注意看了，怕妳又不叫我，先叫後面的人。」

我翻到病歷正面：「這本黃天來是你的？」

「對，可是這個天寫錯了，應該是添飯的添，還有電話也抄錯……咦，這是剛剛放桌上那本嗎？妳拿錯了吧，這本不是我的，妳是不是拿到後面的……」

我看著他不講話。

他在桌上的病歷堆翻了翻：「這是剛剛放桌上那本？」

「是。」

「我……嗯……ㄜ……妳、妳說心臟科在隔壁？」

「對。」

「喔，對不起，跑錯間了，我這就去隔壁。」

診斷書

中年男子健步走進來，喊著背痛。

「痛在哪邊，能不能用手比一下？」

他有點不耐煩：「阿就背嘛，妳沒聽懂？」

「背也有分上、中、下與旁邊，總可以問問吧。」

「就中間，病歷都有寫。」他指了一下。

翻翻病歷是老病號，看過幾次背痛，也都拿一樣的藥，但半年多沒來了。「就算有寫，也不一定是同樣的地方在痛。衣服拉起來讓我檢查看看。」

他不肯拉衣服：「我這毛病已經很多年了，許多醫生看了都找不出問題，後來去台大，教授檢查後叫我照這樣子治療就好了，妳會比他行嗎？」

「那麼再照張片子好嗎？這兩年都沒照過。」

「不必照了，我趕時間，妳就照上次看的開給我就行了，不行再說。」

「可是還是應該……」

他有點火了：「跟台大開一樣的會有問題嗎？」

說不過他，只好照舊資料先開兩天藥給他吃。「好了，外面等。」

過沒多久他衝進來：「醫生妳在幹什麼？診斷書都沒開。」

「診斷書？你又沒說要開。」

「我不開診斷書，那來醫院幹嘛！」

「來看病啊。」

「這點小病痛去藥房買藥吃就好了，何必一早排隊還等那麼久，這點常識妳總該知道吧！」

來醫院只開診斷書不看病叫做「常識」？我可是第一次聽到。不過即使心裡犯嘀咕，卻也不敢對他大小聲，只得柔聲地回答他：「這裡的病人攏嘛係來看病的。」

「不要囉嗦，快幫我開。」

他拿了診斷書去蓋章，不久又走回來。

「醫生妳開這什麼診斷書！」

「『下背痛，X月X日來看病』，這樣寫有什麼不對？」

「我要請殘障的，這怎麼可以！」

「殘障？你哪邊……」

「我不是說我背痛嗎，要開份中等程度的，好辦理補助。」

「可是你又沒有明顯的異常……」

「我一工作就雙腿無力發麻，所以不能做事。因為今天沒去工作，所以妳看不出來。」

「那也要檢查確定才能開。」

「台大那邊所有的檢查都幫我做過了，妳診斷能力會比他們強嗎？」

「那有沒有帶台大的資料來？」

「沒有。」

「你什麼資料都沒有帶，叫我怎麼幫你開嘛。」

「妳不相信我是不是？台大醫生都說我很嚴重，不能再拖了……」

「既然資料在台大，何不請那邊的醫生開？」

他避而不答，反而發怒說：「妳怎麼那麼摳，隨便寫寫讓我能過關就好了，我等著要請錢。」

「診斷書不能造假的，沒檢查評估不能寫給你。」

「上一位醫師都沒意見就開了，妳跩什麼跩？」

我仍堅持著：「診斷書不能隨便寫，你沒經過檢查……」

「幹事那邊都講好，錢也申請到了，只等著我補上殘障手冊就要發錢給我。妳這明明是在刁難嘛！」

「不是在刁難你，而是規定如此，我要負法律責任的。」

「反正又不花妳的錢，不要擋人財路，沒人會找妳的麻煩。」

「是你在說，我在聽。」我被他煩得肝火上升，口氣也加重了。

「妳不開是不是？」

「不開！」

「擺什麼臭架子，不開我找別人開。」

「好啊，請便。」

「好，妳給我小心，我立刻去找議員投訴，馬上妳就知道厲害了。」說畢掉頭就走。

護士：「先生，你的藥單還沒拿……」

他邊走邊唸：「又不是什麼了不起的病，拿什麼藥？幹……」

ㄐㄧㄠˋ痛

「哪裡不舒服？」我詢問面前的老先生。

「就肚子啦，肚子從昨天開始就不好了。」他用微弱的語氣講著。

我指著他的肚子發問：「是痛上邊還是下面？」

老先生：「上邊下面都不痛，是中間的肚子在痛啦，妳聽有沒有？」

「有，聽有，痛在肚子我知道了。」原本想問他是痛上腹部還是下腹部，這下溝通不良，換成國語發問：「會絞（ㄐㄧㄠˋ）痛嗎？」

「我腳（ㄐㄧㄠˋ）不痛啦，是中間的肚子在痛，醫師妳懂台語嗎？係『八豆』……」

「『八豆』，肚子，我知道。」邊說邊拍拍他的肚子，「肚子痛。」

他瞪了我一眼：「知道我難受就不要摸得那麼大力。」

「好好，摸小力一點。請問跟昨天比起來，今天有痛『卡（ㄎㄚ）』厲害（比較痛）嗎？」

「妳要我說幾次？哇『腳（ㄎㄚ）』不痛啦，是中間的肚子在痛，妳聽懂嗎？」他用台語大聲回答，語氣不悅。

「我不是在說『腳（ㄎㄚ）』啦，是在問你今天是不是感覺『卡（ㄎㄚ）』輕（比較輕鬆）？」

「對啦，我痛到兩天吃不下，『腳（ㄎㄚ）』輕輕浮浮的。」

我開始懷疑自己的台語能力，不過還是鼓起勇氣再問一次：「我不是在說『腳（ㄎㄚ）輕』的代誌，是在問你今天有『卡（ㄎㄚ）』好些沒？」

他火氣上來了，只差沒拍桌子：「我的『腳（ㄎㄚ）』本來就是好的，妳跟我說半天，到底會不會看八豆？若是不會看，照上個月那次的藥開給我就好了，扯什麼腳痛……」

痛風

「快受不了了，」中年婦女愁眉苦臉，似乎三天沒睡好覺，「我尿酸發作，快幫我打針。」邊說邊用拳頭搥她的肩膀與腰部。

「痛在哪邊？」

「醫生妳沒專心聽喔，我不是說過了嗎，是尿酸在酸，腰都快要斷掉了，肩膀也快掉下來。以前找醫生打針都會好，這次比較嚴重，連注三天都不見效，只好來大醫院看看。」

「只有腰與肩膀在痛嗎？」

「不是痛，是酸，酸到骨頭裡，全身到處都酸，妳聽不懂是不是。」

「可是尿酸不會酸啊！」

「麥說笑，明明名字就叫尿酸，怎麼會不酸？」她大聲反駁我，一時間好像也不那麼軟弱無力了。

「『尿酸發作』醫學上叫做『痛風』，只會痛不會酸，與妳的症狀不符。妳的症頭有可能是筋路發炎或是『抽風』……」

「管他痛風抽風，能醫嗎？」

「可以，不過先讓我檢查再說。」

看完病開好藥，建議她少吹冷氣多熱敷，她才恍然大悟：「這跟吹冷氣有關係？」

「對，冷氣造成局部溫度降低，血液循環減慢，酸痛會加重，藥效也不易達到患部。熱敷促進循環，藥氣才走得到，不熱敷的話，妳吃哪家的藥都沒效。」

「難怪，我就是前幾天女兒帶孫子來玩，他們住台北冷氣吹慣了，都開全天的，小孩又很黏人，整天要我抱，冷風口對著頭吹，原來就是這樣，難怪這次都醫不好。我從年輕到現在，不要說冷氣，連電風扇都難得一開，看來這次真的是被吹壞了。」

「那妳回去怎麼辦？」我替她擔心，小孩怕熱，吵鬧起來很嚇人的。

「不要緊，他們昨天回去了，今天起不必再吹風了。」

下一位病人是二十來歲年輕小伙子，一擺一擺的，右手搭在同伴肩膀上慢慢拐進來。

「打籃球扭到腳。」

「哪邊痛？」

他用手比了比大腳趾，那邊紅腫一片。「上週打球太劇烈了。」

「為什麼痛了一個禮拜才來？」

「誰說痛一個禮拜，我昨天才開始痛的。」

「昨天或前天有再度扭到嗎？」

「沒有啊，是上週扭的，當時也不怎麼痛，兩天就好了，沒想到又發作起來。」

「我猜猜……是不是前晚睡覺時都沒事，昨天早上醒來就發現痛到不能走？」

「對，妳怎麼猜得那麼準。」

「這不是扭傷嘛，這是痛風。」

「不要嚇我好不好，我還年輕，不會得痛風的。會不會弄錯啊，要不要抽血看看？」

「好，我幫你檢查尿酸值，等抽血結果出來再討論。」

十四，還不是普通的高！

「你的『尿酸值』是正常的兩倍，這次確定是痛風發作沒錯。當尿酸在關節組織中沉澱，引起急性發炎，就會產生紅腫疼痛，叫做痛風。如果只有尿酸高但未沉澱下來，那麼不會痛也沒什麼症狀，只能稱為尿酸過高。通常痛風會反覆發作，但間隔多久因人而異。難道你以前從來沒痛過？」

「有啦，上個月在右踝，過年前左大腳趾也痛過一次，還有這邊的膝蓋……」

「大腳趾可能是，但其他地方就不一定了。痛風不常在腳踝或膝蓋發作，或許那些真的是打球扭到的。」

「可是我才二十幾歲耶！這下子就只能一輩子吃菜了。」

「鄰居告訴你的？」

「不，我老爸講的。他自從得到痛風之後就不敢吃肉，只能喝湯，素雞素鴨都吃膩了。」

「就算素食也含有普林（嘌呤，purine），吃多了一樣會提升尿酸值。」

「普林？」

「普林是食物中的成分，經代謝後變成『尿酸』。無法正常排洩的人，若是吃進高普林飲食，尿酸一下子產生過多，來不及排掉，沉澱在組織，就引起痛風發作。運動也會加速尿酸產生。此外，水分喝不夠、溫度改變、藥物交互作用、減肥減太快、腎機能退化，都有影響。正確的飲食可以改善病情，但如果飲食控制無效，就要靠藥物幫忙了。」

「那麼該怎麼吃東西才正確？」他急切地發問，似乎對家裡的菜單吃到怕了。

「首先參考這張表，」我交給他一張痛風飲食衛教單。「依照普林含量將食物分成三大類，第一類含量很低的，多吃也不會引發痛風，急性期最好只吃這類。」

他瞄了一下：「可是雞蛋膽固醇不是很高？」

「當然很高，不過現在不是在教你吃低膽固醇飲食，這張單子只討論痛風。各種疾病都有相對應的飲食控制方式，今天先學這種。」

「我懂了。」

「第三類絕對不能吃，真的很饞，吃一口就好，但這也不是一輩子的事，等尿酸值降到正常範圍，就可以少量攝食。最容易被忽略的是肉湯，尤其是火鍋湯，裡面的普林含量比肉還高，寧可吃兩片肉，不要貪喝一碗湯。至於第二類，只要不過量就無妨，但吃太多仍可能引起急性發作，正在痛的時候連第二類食物都要減量。」

「還有，」我提醒他：「酒是大忌！」

他臉色轉白，指著衛教單抱怨：「這裡面又沒有寫到酒。」

「雖然酒不含普林，可是酒精代謝過程會干擾尿酸的代謝，所以是禁忌。但這也是相對的。如果你的尿酸已經降得很低，喝點小酒倒無妨。看開一點，這又不是世界末日，少喝點酒『有好沒壞』。」

「唉……」他嘆著氣，拿著藥單「擺」出去了。

怎麼這麼慢？

「小姐，裡面是有在看沒有，怎麼都不叫號啊？」中年男子質問護士。
「有啊，一早就開始了。」
「那我怎麼二十八號等那麼久，是不是看我不起才不叫我？」
「不是啦，是因為先前的病人病情較複雜，處理時間比較久。」
聽到護士的回答，男子喃喃唸了兩聲，回座位去了。

過了十分鐘，號碼還是沒有變動，病人又不安分了。
「小姐，號碼燈壞了吧，卡在二十四號好久了？」中年男子發問。
「沒有啊，很正常。」
「那妳怎麼不按。」
「因為裡面的病人還沒出來，所以沒叫新的號碼。」
「騙肖，我看是醫生根本沒來。」說畢不聽攔阻，逕自衝入診療室。
原本躺在床上露著屁股的患者匆匆的拉下衣物遮掩，器械嘩拉拉掉到地上。
「幹什麼！」我很不客氣。

「沒什麼，妳有上班就好。」他嬉皮笑臉出去了。

屁股的爛瘡還沒處理好，電話又響了——急診。

沒辦法，由於急診人次不多，無法像大型醫院那樣聘請十幾位專職醫生輪流駐守，因此業務要由該科醫師分攤輪值，三、四天一班，今天剛巧輪到我。

看完急診回來，才到門口就被那名男子攔下來。

「妳在摸什麼魚？都快十點了，現在才回來上班。」

「誰說我現在才來，我八點多就開始看病了。不然前頭這十幾位患者是誰看的？」

「我明明看妳現在才走進來，剛才不知道溜到……」

「我剛剛去看急診。」

「妳這樣不對，根本不重視病人的權益，我掛了妳的號，妳就要專心看完病人才可以離開。」

「可是急診有病人，病情比較嚴重，當然要先看。」

「我的病也很重，急診不會交給其他醫師看啊？」

「問題是這邊沒有其他的醫師，都是大家輪流值班的。只有長庚那類大型醫院才請得起急診專職醫生，中小型醫院都是輪班的，一輪就是一整天。」

「我的時間很寶貴，妳一走開，醫院就該立刻找人下來看門診才對，不然是不負責的行為。」

哇，若是能「立刻」找到人，我何嘗不樂意，可是廟小和尚少，哪有那麼多閒置人手。不過對他也只能盡量解釋：「立刻找人看門診跟立刻找人看急診還不是同樣的道理。假如人手足夠，能立刻下來門診，那就可以立即派去看急診，我何必離開診間呢？」

「你們醫生看門診的時段不應該排急診。」

「我也希望如此，但不好意思，我們這種小型醫院人員本來就不多，工作要輪流做，如果不看門診就有排刀，還有病房也要兼顧，倘若現在住院病人臨時出問題，我還得放下門診立刻過去處理。假如真的很急，可以請護士安排給其他醫師看診。」

我指著另兩間診間，「他們今天病人比較少，醫術也不錯，可以請護士安排，耽誤你的時間很抱歉，但是病情有輕重……」

「不要牽拖了，還不趕快看病。」

「好。」說畢我向診間走去。

突然，背後爆出一陣怒罵。

「妳跩什麼跩？話都不說完就走人？」

「沒有啊，你不是要我趕快去看病？我……」

「那妳幹嘛跑掉不幫我看，又想偷溜啊？」

「診療室還有兩位病人才看一半，照完片子在等，我總得把他們先看完再叫你吧！」

「我的號碼到了，妳怎麼可以跳號先叫別人？」

「先生，他們是八號與十五號，一大早就進來了，請問你掛幾號？」

「我二十八號，半個多小時前就該看完了，妳耽誤了我那麼多時間，害我工作延誤，妳要負責。妳現在馬上幫我看病。」說完就想跟著我進診療室。

「先生你不能進去，」護士上前攔阻：「外面還有三位病人，都是二十幾號的，排在你前面還在等，這樣變成插隊了。」

「不可以進去，妳說這什麼話？害我幾百萬的工程擺著不能動工，就因為你們醫生看病不專心，我現在立刻要看。」

護士陪著笑臉：「那我幫你安排給另一診的醫師看好不好，他正巧有幾個病人遲到，現在手頭上沒患者。」

她指著隔壁的診間，並向門邊兩位病患眨眨眼。那兩位是老病號了，一看就懂，自動移到旁邊，假裝在聊天沒在等，準備讓他插隊。

他拒絕了：「不，我剛才看過名字，知道其他醫生都很差勁，所以才指名掛她的號。既然掛到了，她就要負責到底，不馬上幫我看，我就找院長。」

鈴——電話響，又是急診。今天急診怎麼那麼多！護士趁機轉身，低頭搗著話筒小聲講話。

他看到護士無法回答就轉過身來：「掛給妳看，妳就要負責，不准去急診，也不可以把我推給別人。妳現在……」

看來再解釋也沒法溝通了。跟他耗那麼久，時間都足夠看兩個病人了，再拖下去只會耽誤到所有病患的時間，只好來硬的。

「先生，你的要求我無法做到，大家都要照公平排隊，不能因為你趕著上班就幫你插隊。我先去看最緊急的急診，如果你不願意等又不願意讓其他醫生看，我也沒辦法了。」

急診看畢，還真的不太敢回門診，怕又被他攔住質問。不過診間風平浪靜，護士與幾位病人談笑風生，似乎沒發生什麼事。

「怎麼解決的？」我敬佩地發問。

「厚，妳不知道，妳一走他就大吵大鬧，說要找院長，說要找議長，還說要登報投書。結果七診屈醫師聽到了，探個頭，才發現那個人是他以前房東弟弟的朋友。兩人進診間聊了快二十分鐘，他笑盈盈地拿處方去領藥了。離開前還直誇說我們醫院只有屈醫師有才識、有愛心、會看病，其他醫生都不是人，光只想賺黑心錢。還說早知道屈醫師今天有診，就不掛給其他人看了。」

我搖搖頭向前走，她又補上一句：「妳知道嗎？屈醫師給他開了十多天份的感冒藥，還有四、五條藥膏，又送他一瓶鈣片。要是我一次門診能拿那麼多藥，誰幫我看都沒有關係了。」

雞同鴨講

病史很重要，絕對比歷史重要，但兩者都會隨時間流逝而改變，甚至因加油添醋轉變成新版本。不過如果病患肯合作，從問診中就能猜出個大概，診斷呼之欲出。

像慢性關節炎與韌帶拉傷，從病史就很好區分，只是有時候病患覺得你在敷衍他，故意岔開話題，不願意回答。有些病患認為你的問題不重要，不想回答；也有些病患只是因為想陳述的資訊太多了，不知道該先回答哪一樣。甚至還有些病人是被家屬逼來醫院的，只知道要找醫生，連該看什麼病都弄不清楚，而要求他就醫的家屬……嘿嘿，不是忙著上班不在，就是人在台灣沒來，留下一問三不知的病患坐在那邊打啞謎。

有時候想將病情問詳細一點，卻碰上這種患者——

「是不是大腿這邊痛？」我指著貼膏藥的髖部問她。

「不止這樣啦，還有膝蓋跟腳踝，我整隻腳都腫腫的。」

「大約痛多久了？有沒有吃什麼藥？」

「我說腳腫妳有沒有聽到？有在吃呼吸喘的藥……」

腳腫又呼吸喘就不太妙了，心、肺、肝、腎等問題都可能引起呼吸異常及水腫，我想進一步瞭解詳情。

「呼吸會喘，喘到什麼程度？」

「那是之前的事了，我看小便不多又很黃，就去找醫生，醫生說我心臟有問題。」她說得輕鬆，我卻警覺起來，筋骨的問題不大，心臟出問題會要人命的。

「有沒有說心臟是什麼問題？嚴不嚴重？」

「那個痛，真讓人受不了，害我又吞了兩包胃散。」

心肌梗塞？我希望她能說清楚症狀，就比比胸口問道：「心臟痛？」

「不是啦，我是在說我胃痛，吃心臟藥引起的。」

怎麼又扯到胃了！

「那麼現在胃還痛不痛？」

「醫生叫我要來照X光。」

「胃照X光照不出來的，要做胃鏡……」

「做什麼胃鏡啊！我的胃又沒問題。」

「可是妳剛剛不是才說胃在痛，還吃了兩包……」

「哎呀，胃散吃完早就好了，哪還會痛！我現在在說我的背。醫生說我脊椎退化長骨刺，要照張片子看看。」

「哪位醫師說妳長骨刺的？」

「看心臟的醫師，胸部照了張片子，他一看X光片就知道我脊椎也不好，要我來這邊照骨頭。」

從胸部X光就注意到脊椎有骨刺，這位醫師看片子還真細心。
「喔……那妳的背會不舒服嗎？」
「每天晚上都很酸，要用手搥搥才睡得著。」
「背在酸……」
「肩膀啦，我的手又不長，哪搥得到背。」
腳、呼吸、心臟、胃、背、肩膀……，她的問題還真多。
「那麼肩膀酸多久了？還有那個背會痛嗎？」
「最難過的還是那個腳，我老公叫我一定要來看腳。」
終於又繞回原先的話題了。我趕緊追問下去：「腳在痛是不是？痛多久了？是整隻腳都痛，還是哪一截比較痛？」
「差不多就這三、五天，每天都腫腫的很難過。」
「腫腫的……那麼到底會不會痛啊？」我以抓狂的眼神看著她，希望這次她能直接回答問題，不要再將話題轉到其他症狀或部位。
「誰說不會痛，不痛的話我幹嘛來找醫生。」
「可是我剛剛問了好幾次，妳只說腳腫腫的……」
「唉，我是說我腳盤腫腫的。厚，跟妳說話很累呢，妳到底有沒有在聽啊?!」

我在作夢嗎？

才值半天班，就已經急救了兩次病患。

做心肺按摩術的雙手因使力過度，變得酸痛不堪，而那位病人的心臟偏又走走停停的，產生節律不整的現象，必須每小時追蹤一次心電圖變化。等到病況轉穩，終於能躺上床鋪，早已全身酥軟，累得好像剛跑完五千公尺，連怎麼睡去的都不知道。

到了半夜，電話響了。

護士甜美的聲音：「喂，林醫師，這是ＸＸ病房，有一位住十八號床的十歲小朋友發燒，白班醫師已經交代過發燒可以打退燒針，可是忘了講劑量，所以想問看看要打多少？」

「他幾公斤？」

「三十二。」

「那就打一支好了。」

我又沉沉睡去。

隔了不知多久，忽然由惡夢中驚醒。

不對，三十二公斤打一支太多了！雖然仍未超過安全範圍，可是減量會比較合理……我昏頭昏腦的計算……改打三分之二支好嗎？針打完了嗎？會不會已經打出問題了？燒退了嗎？多久以前的電話？有沒有可能連三十二公斤都聽錯了……

驚嚇之餘，硬撐著眼皮開始打電話。

「喂，五病房嗎，剛才有沒有小朋友發燒……」

「我們病房只有大人發燒，妳要幫忙處理嗎？」

「喂，七病房嗎，剛剛是不是有一位小朋友發燒……」

「沒有啊。」

「喂，十二病房嗎，剛剛妳有沒有告訴我說小朋友發燒？」

「ㄜ——」話筒那邊傳來濃厚的睡意，「這裡沒有住小朋友。」

「喂，九病房嗎，我剛剛有沒有接過妳打來的電話？」

「妳在作夢啊！妳那科的病人從來不住我這裡的。」

「喂，十病房嗎，剛才……」

「妳打錯了，這裡不是十病房。」

鈴——鈴——怎麼還不接？難道在急救？我越想越發毛。

「誰……啊——呵——」

「是十病房嗎，請問妳今晚有沒有電話找過我？」

「半夜不睡覺吵什麼吵！妳那科的病人昨天一早就出院了，妳忘了嗎。」

「喂，七病房，剛剛是不是有一位……」

「妳真的有問題喔，十分鐘前才問過的，沒有啦。」

聽她的口氣，是所有病房小姐中最清醒的，也是最溫柔的，於是硬著頭皮拜託她：「拜託妳不要掛，幫我想一下，還有哪些病房可能有我這科的病人？」

「五、九、十、十二病房，其他就沒有了。怎麼樣，病人丟掉了嗎？」

「嗯……差不多……謝謝。」

怎麼辦？都沒有。我繼續用半昏迷的腦袋拚命回想，病人到底住哪間？我甚至開始懷疑是否真的曾經接過這通電話！

投降了，實在想不出來，反正……有意外會叫我的……希望沒有意外……在掛念中沉沉睡去。

第二天特地起了個大早，全院走透透，一間間病房詢問，可是連一個相似的病患都沒有。之後的每一天，我整天如臨大敵般繃緊了神經，只要聽說哪位病患病情加重，就探頭過去詢問。

三天、五天、一個禮拜過去了，都沒有任何異樣產生。隨著時間淡去，我逐漸懷疑那只是一場夢，一場逼真的夢。

排氣

術後第五天。

「阿婆，妳有沒有排氣啊？」

「還沒有。」

「肚子會脹嗎？」

「不會。」

「好吧，那再等一、兩天看看好了。」

這位病患從開刀到今天，已經第五天了。開刀過程很順利，只等她排個氣就能吃東西了，可是她就是缺乏那臨門一腳，老是不放屁。

開肚子的病人，因為腸胃道被翻動過，加上發炎還未消退，會產生短暫的腸麻痺現象。要等到腸胃蠕動恢復正常，將積存數日的空氣排出，才可以開始吃東西。所以放屁是很重要的復原徵兆。通常會先聽到腸蠕動音，到了手術後三天左右就傳來響亮的好消息，可是也有些人恢復得超級慢，讓動刀的醫師望穿秋水。

術後第六天。

「阿婆有沒……」
「沒有。」
「妳知道什麼是排氣嗎？就是從……」
「我知道，就是從屁股『ㄅㄨ』的一聲放出屁來，我知道啦。」
「那有沒有解大便？」
「也沒有。」
「好吧，只好……」
「醫生，我什麼時候才能吃東西？」
「先等排氣再講。」

術後第七天。
我開始著急了，難道出了什麼併發症？可是看她一臉輕鬆樣，又沒有發燒，肚子不脹，聽起來也有腸蠕動的聲音，不應該這樣啊。
「阿婆妳……」
「沒有。」
「肚子……」
「不脹。」

「餓嗎？」

「不餓。醫生，我到底還要等多久？」

「總要等到腸子動得好才行啊。」

術後第八天。

「阿婆，有沒有……」

「沒有，沒有，都沒有，沒放屁也沒大便，不過我拉了好幾天肚子都沒好，妳能不能幫我開點什麼藥吃吃？」

「什麼？妳拉肚子！不是問妳有沒有排氣，妳說沒有，問解大便也說沒有，哪來的拉肚子。」

「可是我真的沒解大便啊。」

「那拉肚子又怎麼說？」

「拉肚子又不是解大便，裡面都是水，哪像大便那樣一顆一顆的。」

這是什麼哲理？我沒好氣地反問：「難道一邊拉不會一邊放臭屁？」

「會啊。」

「放臭屁還不叫做排氣？」

阿婆講得可理直氣壯：「這個『氣』可是跟拉肚子的一起跑出來的，又不是ㄅㄨ一聲單獨放出來，所以這個不算。」

……哪有這等歪理……

「好吧，那妳可以試著開始喝水了。」

阿婆的臉上綻開了笑容：「可以喝水了喔，那我終於不用再喝牛奶了。」

我簡直不敢相信：「牛奶！不是告訴妳不能吃東西、喝水的嗎？」

「對啊，我是沒吃東西也沒喝水，我只是喝牛奶止渴，喝牛奶不算喝水啊！我跟妳講，阿婆一向很聽話，不會亂吃東西。醫生交代不喝水，我的嘴巴就算乾死了也不敢偷喝一口，連隔壁床的病人請我吃我最喜歡的鮮魚麵線，我都不敢偷吃。」

「那……妳每天喝多少牛奶，喝多少天了？」

「才喝四、五天而已，每天一大瓶。醫師幫我治治拉肚子好嗎？我整個人都快拉到虛脫了。」

「這個簡單！」我以十足的把握告訴她：「要治拉肚子很簡單，妳只要從今天開始三天不碰牛奶，一定痊癒。」

強過當獸醫？

一日我正在看診，來了位面無表情的少年郎。進門坐下，不發一語。等了幾秒鐘，看他不說話，又不像啞巴，我就問道：「怎麼樣？」

病人：「這裡（說著把腳晃動一下）。」

醫生：「是腳嗎？腳怎麼樣？」

病人：「不舒服。」

醫生：「怎樣不舒服？」

病人：「不知道。」

（這時我真感覺自己在當獸醫！不過就算是狗也會搖尾巴叫個兩聲）

醫生：「你總要說個大概吧！是會酸，會痛，會麻，還是沒力？」

病人：「都有吧！」

醫生：「發生多久了？」

病人：「很久。」

醫生：「很久是多久？一週？一個月？一年？」

病人：「好久了，差不多兩、三天。」

（昏倒！兩、三天叫做很久，那一年不就一輩子！）

醫生：「有沒有受傷去扭到，跌倒，被打，被撞，還是怎樣？」

病人：「妳不是醫生嗎？有沒有受傷，妳應該比我更清楚。」

（哇ㄎㄠˋ，我又不是你肚裡的蛔蟲，怎麼會知道？）

醫生：「腳長在你身上，你不講，我怎麼知道你有沒有受過傷？」

病人：「算有受傷吧！」

（怎麼算？又不是算術！）

醫生：「把鞋子脫掉讓我檢查一下。」

病人：「有需要嗎？不是隨便看看、開個藥就好了嗎？」

醫生：「你怎樣不舒服也講不清楚，有沒有受傷自己也不知道，又不給人家檢查，叫我怎麼開藥？」

病人瞪著自己的腳，一副不想脫鞋的態度。

這時病人的媽媽衝進來，一邊幫那十幾歲的大孩子脫鞋襪，一邊解釋說：「他前幾天喝酒出車禍扭到腳，在家睡了三天沒去學校。今天已經不痛了，因為不想上軍訓，所以想請醫生開個證明多請幾天假，順便註明是三天前就受傷的，才不會被記曠課……」

我覺得這種教育完全失敗，學生沒禮貌又缺乏責任感，再加上家長溺愛，讓事情變得更糟。在呼籲教育改革的同時，有些父母恐怕得先自我檢討才行。

今天不看病

若把醫術比喻為藝術，
超音波檢查就是一首芭蕾舞曲，
舞台設在患者身上，拿探頭的手在翩翩起舞，
不過這是獨舞，既沒觀眾也無配樂。

我倆沒有關係

門診部的候診室與診療間只隔著一道塑膠拉門，有必要時才關起來。

一日，我呼叫病患的名字，一位老婦人走進來坐下。另一位同樣七十幾歲的老公公走到她旁邊站著。兩人相看一眼沒說話。

我問她哪兒不舒服，老婦人開始敘述病情，邊講還邊比手劃腳。一旁的老公公聽了不住點頭，更對部分病情發出贊同的聲音。

講完了，我請老婦將衣服拉高讓我檢查。病患毫不猶豫就開始解扣子。

我正要走過去關門，忽然警覺到，在旁邊的老公公一點也沒有要幫忙的意思，只是呆呆看著女病患。

我問：「你們是一起來的？」

兩人同聲說不是。

我：「那你們之間有什麼關係嗎？」

老婦人說：「沒有，他是誰我從來都不認識。」

於是我對老公公說：「麻煩你到外面等。」

老公公說：「沒關係，我在這裡等就好了。」

我：「可是這樣患者會不好意思。」

老公公說：「不會啦！妳看妳的病，我在這裡不會感到不好意思啦！」

我一字一句大聲地說：「她——現——在——要——脫——衣——服，她——是——女——的，你——是——男——的，這——樣——不——太——好——吧！」

老婦人出聲了：「沒關係啦！少年的比較會覺得害羞。我都吃這麼老了，已經不怕給人家看了。何況要看也沒什麼好看的……」

老公更得理不饒人地說：「妳看伊都說沒關係了……」

我才不管他怎麼辯，用手將老公公轉個方向，推出門外，關門開始看病。

胸罩要解開嗎？

幫病人做身體檢查之前，必須請他們寬衣解帶露出患部，重複講了那麼多次，句子就像一首詩那樣背起來了。

一天，一位婦女要檢查乳房，我唱著口訣：「門關起來，鞋子脫掉，胸罩解開，衣服拉高，躺床上。」

病人左顧右盼，在牆上四處摸索，終於找到門的拉把（其實就在她背後），可是匆忙之間只把拉門關了一半。關門之後，衣角拉拉，雙腳扭動，最後把眼鏡拿掉，連鞋也不脫就躺上床。

我輕輕將門關緊，一氣呵成地說：「小姐，我是說，鞋子脫掉胸罩解開衣服拉高躺床上。」

「喔，對不起。」她坐起來，把外套脫掉，裙頭解開，露出肚子，又躺下來。

「小姐，請脫鞋，並把胸罩解開。」

「胸罩要解開嗎？」

「妳不是要檢查乳房？不解開我怎麼看？」

「對ㄏㄡ！」終於解開胸罩，拉起衣服。

「鞋。」

「喔！」坐起來脫鞋，又開始脫褲襪。

「小姐，褲襪就不必脫了。」

「對不起。」她把褲襪穿好，順手扣好胸罩的扣子才躺下來。

「小姐……」

病人馬上跳起來解扣子：「對不起，我太緊張了。」

終於擺好姿勢了！我將手放上去檢查。才剛擺上去，病人忽然雙手使力，把掀起的衣服用力蓋下來，力道之猛，把我的手都撞開了。

「小姐，是不是會痛？」我關心的問她：「把妳壓痛了？那我檢查小力一點。」

「不是，是我怕癢。」她不好意思地說。

「怕癢的話，那我壓大力一點好了，比較不癢。」

才摸不到兩下，她又用衣服擋開我的手，而且差點爬起來。

「小姐，」我再問她：「這樣子還會癢嗎？妳好敏感！」

「不是癢啦，是妳的手好冰，我很怕冷的啦。」她害羞地回答。

「怕冷的話，我就沒辦法了，誰叫天氣這麼冷，醫院又沒有暖氣。只好請妳忍耐一下子，反正花不了幾分鐘。」

在她拚命閃躲與不斷用衣物阻擋的情況下，左邊乳房終於檢查好了。

「嗯，這裡有一個硬塊……等一下，不要動，我記錄一下再繼續檢查另一邊。」

才在病歷畫上幾筆，一轉身，病人已經穿戴整齊坐在床上。

「小姐，我不是叫妳等一下的嗎？急什麼！還沒檢查完呢。」

「妳不是已經摸過了？」

「幫幫忙，乳房有兩邊，我剛剛才看了左邊。」

「對不起，我好緊張，忘記還有一邊。」

「再擺回原先的姿勢吧。」

終於把該做的都做了，順便把病情解釋清楚，並且教會她自我檢查的方式。

「好了小姐，可以起來穿衣服了。通通穿好後，跟我講一聲，我再開門。」我低頭寫病歷。

「好了，都穿好了，可以開門了。」她的動作還是這麼快。

我看著她說：「小姐，這是處方箋，拿到前面掛號室刷卡。出去以前還要提醒妳一下，先低頭看看裙子這條拉鍊要不要拉起來。還有，妳的鞋子還塞在床底下，離開時要記得穿走喔！」

開什麼？

病人小聲地說：「小姐，我要開診斷書。」

護士正低頭寫資料，沒聽清楚他講的話。病人再問一次：「可以開嗎？」

護士：「開什麼？」

病人：「開盲腸。」

護士：「給醫生看過了嗎？」

病人：「看過了，我才剛出院的。」

護士：「那怎麼不趁住院的時候順便開？」

病人：「我就是住院時開的刀啊！」

護士：「那你盲腸都開完了，還要再開什麼盲腸？」

病人：「幫幫忙啊小姐，我現在不是要開盲腸，我是要──開──診──斷──書──！」

護士：「喔！不早講……再兩號就輪到你了。空白的你先拿著，等下給醫生寫。」

等我幫病人寫完診斷書後，請他再拿回去交給護士。護士：「怎麼沒有『附鞋子』？」

病人低頭看看自己的腳：「鞋子穿在腳上，妳要我怎樣『附上去』？」

護士：「誰跟你講鞋子！我是問，原本夾在裡面的『複寫紙』跑到哪裡去了。」

我又不是要看病

飛機誤點，害特約醫師遲到，門診只剩我一個人在看病。患者等得不耐煩，大小聲地抱怨著，幾位大嗓門的互相抬槓起來，候診間亂成一團。

我面前坐著一位傷患，另一位學生拿著剛照好的X光片排在她後面，旁邊還有一位家屬陪著急著辦出院的住院病人等著我處理，門口還擠著兩位只想要拿血壓藥的老病號。電話響了。

「是林醫生嗎？」

「我是，有什麼事？」

「請問妳現在有空講話嗎？」

「嗯，有吧。」大概是早上拜託人訂的機票現在訂到了，要通知我去買票……電話中傳出的聲音很有禮貌，可是很大聲：「那我能不能請教妳一個問題？」不是機票，那會是誰找我？「可以，但是要快點講，今天很忙。」我看看眼前四、五張焦急的臉孔。

「醫生，我是妳的XX的……介紹的，想請教妳，我的高血壓藥能不能跟胃藥一起吃？」

……是誰啊？實在想不起來……又是長輩介紹的，不能怠慢……

於是含糊地回答她：「可以吧！如果是一起開的就可以。」

「那我現在肚子痛，可以拿胃藥吃嗎？醫生交代過說可以的。」

……真是我認識的人嗎？「既然醫生已經交代過可以，那妳還問我幹嘛？」

「可是我不是胃在痛，是早上才從肚臍旁邊開始痛的。」

……這下也許真的有問題！闌尾炎……膽囊炎……

「小姐，妳如果要看病的話，應該來醫院。」

話筒中傳出的聲音很不以為然：「我又不是要看病，我只是要問一個小問題。」

桌上又增加了好幾本病歷，一位母親抱著啼哭不止的幼兒已經進出數次想插隊。

我婉轉地勸她：「可是妳這樣子問，我又沒辦法檢查。」

老病號等得不耐煩了，從門口擠進來，伸手指指病歷上的記錄，小聲地說：「血壓量在這裡，正常，幫我照上次那樣開藥就好了。」

電話中仍在堅持：「不必檢查了，只是問一個很簡單的問題嘛！」

「可是這也要看了才知道。」

「妳經驗豐富，還要看嗎？」

我一邊幫我兩位老病號開藥，一邊回答她：「還是要的。」

話筒中的聲音開始不高興了：「醫生不是應該負責幫病人解決問題的嗎？」

「所以呢？」我一邊說，一邊指示護士幫等了好久的那位傷患擦藥包紮。

「那妳怎麼一問三不知，一點都沒有責任感？」

……我也火了！管她是不是長輩介紹的，就算是總統介紹的也一樣！

「妳是誰我沒看過，妳患什麼病我不清楚，要妳來醫院……」

「誰說我講不清楚？我剛剛不都講過了，高血壓加肚子痛，都是很簡單的病，我只是要妳回答我幾個小問題，又不花時間，為何擺架子……」

打雷般的國罵從話筒中源源不絕傳出來。我把聽筒移開，隨她去哇啦哇啦。

將第二位的X光片看過之後，摀著話筒對這位學生輕聲說：「骨頭沒斷，你只是筋拉到在痛，開個藥回去吃，多冰敷多休息就好了。」

學生也輕聲回答：「我知道了。」然後指指電話筒，「不要多講，小心被她偷聽到。」

電話那頭還在兇：「……隨便問一下就要叫我來醫院，只是覺得肚子痛痛而已，又不是生什麼大病，這樣子就要我掛號，還要等，想賺錢也不是這個樣……」

我招呼那位要辦出院的病人坐著，一邊開診斷書，一邊對話筒講：「反正，妳來醫院，我再幫妳看。就這樣。」

「妳這什麼態度？一點都沒有醫德，我今天又沒有要看病，才問一個小小的問題，就跩成這樣！哼！」

喀——掛斷。

飛天病歷

工友正在忙，無法送病歷，因此請家屬把資料拿過來。

「醫生，病歷來了。」

我伸手去接，可是他只把病歷晃了一下。

「等一下，我想先請教一個問題。」

「問什麼？」

「妳說他今天可以出院，可是他的傷口還在痛，那可以出嗎？」

「可以啊，傷口會痛是正常的，骨頭都斷成三截了，哪有可能四、五天就不痛的。」

「既然骨頭斷成三截，為什麼不讓他多住幾天？」

「沒有必要！石膏已經上了，擦傷的地方也好了，就等骨頭自己長起來，光剩下吃藥，不必上藥，住院幹什麼？」

「那妳的意思是說，他今天就可以辦出院囉？」說著把病歷遞給我。

「一大早就通知說可以了。」

我伸出手，可是病歷再次由指縫中溜出來。

「醫生，我覺得不可以耶，他的骨頭都還沒長好，怎麼可以出院？」

「再住也不會長得更快，骨頭一斷，起碼也要兩、三個月才長得好。」

「那乾脆住到長好了再出去如何？」

「又不是住旅舍！醫院不是個好地方，病菌那麼多，萬一被傳染到肺炎豈不太衰了？把病歷給我，我要開藥。」

我把手心朝上等著，可是家屬還有疑慮。

他把病歷翻開用手指著：「我看妳都沒給他開打針的，那樣病會好嗎？」

「會啊。美國人不流行打針，病還不是照樣會好。」

「那妳不先幫他打兩針再出院嗎？隔壁床都連打好幾天。」

「沒有必要吧，又不是肚子開刀，不能吃東西、吃藥，才要靠針劑補充。」

「那能不能幫他開一個月的藥帶回家，免得我三天兩頭還得帶他跑醫院。」

「再過幾天不太痛，就不需要吃藥了，開那麼多天藥太浪費，也傷肝傷腎。」

「那開一個禮拜好了。」

「我本來就打算開一個禮拜藥的。」

他把病歷放在桌上，然後突然又拿起來，「醫生，我還有一個疑問，他會殘廢嗎？」

「怎麼會？骨頭都接好了就不會殘廢了。」

「那……我就放心了……將來能請保險嗎？」

「這還要看你投怎樣的險。」

「醫生，講了那麼久，妳把處方箋開好了嗎？」

「我正準備開啊！」比比那本「飛天病歷」繼續說道：「如果你肯把病歷交給我的話，我就能開藥。」

他把病歷遞過來，然後……病歷第四度從我手中飛走。

「我還要多開兩份診斷書，請假用的。」

「好，那你要去護理站補繳費用。」

「我馬上就去辦。」說畢，轉身就走。

「先生……先生……你把病歷拿走了，叫我怎麼開藥？」

可是他已經抱著病歷走遠了。

該我了

「鍾文一，鍾文一……」

病人拄著拐杖左搖右晃，還未走到桌邊，一位身穿花洋裝的中年婦女由門縫閃入，快捷地繞過他，直接站在我面前發問：「到我了吧。」

「妳掛幾號？」

「三十一號。」

「三十一號還早，現在才叫到十四號。」

「可是我很急。」

「急也得排隊，這邊看病的哪位不急呀！」

「我不舒服。」

看她好手好腳又表情從容，不像是身染重病，而且講話不喘，面容紅潤，八成是想找理由插隊，就直接回絕她：「如果沒不舒服的話也不會來醫院看病了。」讓護士將她請出去。

「卓鈺玟，請妳移到這邊床上。」

卓小姐屁股才剛離開坐墊，我還來不及鎖門，花洋裝婦女又推門而入：「該我了。」說畢立刻佔住那張椅子。

「不是告訴妳還早嗎？現在才輪到十七號。」

「那我就在這裡等。」

「不行，病人要看病，妳不能待在裡面，會影響……」

「我安靜不說話，不會吵到妳的。」

「不是吵不吵的問題，而是要尊重病患的隱私。」

「她講她的沒關係，我聽了不會覺得不好意思的。」花洋裝婦女仍不肯挪動身軀。

「妳沒關係，她有關係，請妳出去。」

「沒關係啦，我跟她平平都是女生，沒有什麼……」

「出去！」

「好好好，不要拉我，我就在外面等好了，害什麼臊，又不是沒看過……」

我將她推出去後扣上拉門，想想不妥，又探頭出去，請外頭等候的病患幫忙顧門。

說來也真火大，門診整修時，我就要求每間診間的門必須能上鎖，完工後卻付之闕如，負責人一直打哈哈，認為這種拉門的鎖反正也鎖不緊，病人扯兩下就開了，所以裝不裝都沒差，接著又辯說這種隔間無法裝鎖，最後不情願地安了個小勾勾，聊勝於無。所以遇到病患要脫衣看診時，就得請其他人守住門，以免被意外打開。真有心要闖入的話，小勾勾是沒用的。

這次花洋裝婦女比較乖了，大概知道號碼還早，就四處遊走與病患及家屬聊天，一會兒在骨科外面，一會兒跑到走廊，似乎還認識不少人。

「三十一號。方昭娣，方昭娣。」

我探頭出去：「有沒有人看到剛剛那位穿洋裝的，先前一直跟你們講話？」

「她不會來了。」穿拖鞋那位老阿公回答。

「對呀，她說她要回去了。」帶著小孩的年輕少婦補充說。

「可是她還沒看啊。」

「不會來了啦，輪到我三十二號了。」穿拖鞋那位老阿公站起來。

「可是……」

「醫師妳不知道喔？她每次都這樣，掛了號急著看病，看完病就四處找人討錢，說什麼家境不好，先生生病臥床……」穿拖鞋的老阿公邊講邊坐下。

「可是她跟我說她先生死了，與婆婆相依為命，剛才我帶小孩把尿時告訴我的。」年輕少婦插話：「還向我討吃飯錢，我看她可憐就塞給她一百元。」

「給她一百元太多了，我每次都只給三十元。」旁邊包著花頭巾的婦女補充說：「她常常來啦，有時候在內科，有時候去外科或皮膚科，醫生妳大概很少探頭出來聊天，所以不認識她，她很有名的。」

「認識她還拿錢給她？」帶小孩的少婦說道：「妳明明知道她是騙人的。」

「反正才三、五十塊小錢，看她可憐，誰知道，也許她真的有困難。而且她也不貪多，拿多少錢都會謝謝你。」

「你們在說剛剛那位喔，」旁邊一位骨科老病人笑了笑，「她有一次說母親住院開刀，籌不出保證金，差個幾百塊要我幫忙，我告訴她我住院七、八次了，沒有哪家醫院還在收保證金的。」

「那你有沒有報警還是……」

「我看她可憐，還要編出那種夭壽的理由討錢，就拿幾十塊打發走了。」

「可是這樣，不是讓她繼續做壞事嗎？」我覺得這種行為不該姑息。

「我曾聽隔壁村秀美阿姐的三叔提到，她的家境真的不好，有好幾張嘴要養，先生又成天遊手好閒，」包花頭巾的婦女想起來補充：「我想她是不好意思哭窮，所以編些理由討點飯錢。」

「醫師啊，我雖然沒什麼不舒服，只是來拿血壓藥的，」穿拖鞋那位老阿公拉拉我的衣服，「可是十一點的車班快到了，能不能先幫忙開個藥，你們等一下再聊好嗎？」

喔，我都忘記看病的事了。

划算

傷口該換幾次藥，多久換一次，該不該吃藥，該抹什麼藥，除了依病況而訂之外，保險公司也會加以限制，換藥次數過多或用藥超過規定，醫院都會被扣錢的。

不過有些病人很會搞飛機，不是藥物遺失要求補開，就是洗手時無意間潑到水，早上才換完下午就濕答答地要求再換一次，再不然抓癢把紗布抓掉了，脫衣服扯掉了，更扯的是一早睡醒就沒看到紗布，連幾時落在哪裡都想不起來。

若僅是偶發事件，重新掛號、甚至不掛號也不收錢，幫他換個藥還說得過去；倘若遇到那種兩天跑三趟醫院，每次受傷都這樣，把看病當成逛菜市場的病患，就很頭大了。如果肇因於他個人照顧問題，三勸兩勸不聽之下，也只好請他自費看診。

想到要花錢，大部分病患立刻懂得該小心謹慎顧好自己，很少再把傷口弄髒到必須換藥的程度。不然你給他方便，多掛幾次門診，保險公司可是又扣錢又罰款的，甚至還來調查你是否串通病人虛報診察費，讓你啞巴吃黃連有苦說不出。

「可以後天再來換藥了。」我告訴眼前這位婦女。

「可是不是才剛開過刀？」

「不是開刀，是縫傷口，前天受傷縫的。」
「縫傷口就縫傷口，可是才兩天啊，不是天天換藥的？」
「妳的傷口已經穩定，不必天天換了。多換也沒有好處。」
「天天換藥比較快好。」
「天天換藥不會比較快好，有時候還有壞處。」
「可是我想換。」
「一來穩定的傷口沒有必要天天換藥，二來保險公司也規定最多兩天換一次藥……」
「三來每次掛號還要收掛號費，醫生我幫妳說了。」她笑笑地接下去：「這些我都知道，但我就是擔心。」
「放心啦，如果傷口有問題，不要說一天一次，一天三次我都幫妳換。」
「好吧！」

隔天她又掛號了。
「傷口好像發炎了，我昨晚痛到睡不著。」
拆開檢查，沒發紅，瘀腫也與昨天差不多，應該不是感染問題。
「妳回去有沒有做什麼？」
「什麼？」

「掃地啦，擦地板啦，還是走來走去的動作。」

「那些事我天天要做的，地板一天不擦個一兩回怎麼行。這次因為受傷，兩天沒擦地板，看起來很髒，所以我昨天整理了很久。」

「能不能幫幫忙，放妳家地板一個禮拜的假不要去動它，不然妳的膝蓋一直彎曲活動，傷口會裂開的。」

「好吧！」

隔天她又來了。

「不是叫妳兩天換一次藥的嗎？」

「對啊，兩天一次。」她邊說邊把敷料拆掉，丟進垃圾桶。「四天前受的傷，前天妳告訴我傷口穩定，改成兩天換一次。」

「可是妳昨天已經來……」

「昨天是看傷口痛，今天是因為妳前天叫我來的。」

「哎，弄擰了啦，既然昨天換過藥，今天就不必換了。」

我看看傷口，腫脹開始消退，也沒有發炎跡象。

「換完藥的隔天就不必換，這樣才叫做兩天換一次，懂嗎？」

「我懂。」

隔天她沒來，事實上隔了三、四天她才來。不過翻翻病歷，她還是掛了兩次號，掛給不同的醫師看。「妳怎麼還是天天跑醫院，不是告訴過妳……」

「兩天換一次藥，我有聽到，可是我怕骨頭斷掉，所以去看骨科，又擔心傷口有疤，跑去整形科。既然每次看診都要拆開紗布，就順便換藥了。」

「那妳還少掛一次喔，」我跟她開玩笑：「三天才掛兩次號。」

「喔，那天我家有客人，忙了一早上，沒時間看病。」

「昨天才換過藥，骨科開的口服藥也還有三天份，今天可以不必換了。」

不過我講得太慢，她早已把舊敷料拆掉了，傷口曝露在空氣中，不重新包紮也不行。

「扣掉受傷日不算，今天『滿八天』，妳的傷口已經快長好，就等著拆線，如果妳再這樣逛醫院，我就不幫妳看了。三天後再來。」

不過隔天我還是讓她用保險證掛號，因為她擦地板時滑倒，正巧跌進地上那灘肥皂水中，看著冒泡滴水的傷口，不給她掛反而不通情理。

隔天她又來了。

一進門她就先聲明：「醫師，今天我掛自費，我知道保險有限制，不想為難妳，可是我就是不放心想來看看。妳也知道我是緊張性的，不給妳檢查一下，晚上睡不著。」

唉，輸給她了。

隔天她又用自費掛了一次。

我覺得事有蹊蹺，拿話探她：「妳花這麼多錢，只是來讓我瞄一下，求個心安，難道花錢不心疼嗎？」

「沒關係，我還有得賺。」

「賺啥？」

「賺錢呀！我買了很多保險，算起來看一次病可以領兩千多元的保險金，這邊看一次病才幾百塊，怎麼算都合。」

「太太，妳這樣子有點……有點……」我把「詐欺」兩個字吞下肚去，改用另外一種方式勸說：「這樣做不太好吧，明明沒病卻硬要看病……」

「誰說我沒病，這裡不是擺明著有個傷口。我不是那種沒病裝病的人，我也不是故意摔傷的，只是湊巧得到這個撈本的機會，賺點保險費。而且我也真的是沒看醫師會失眠的那種人，而且到今天膝蓋還在痛，而且……」

「雖然妳有傷，也願意看自費，但這不表示妳就該天天掛號。這種不合理的舉動，我不願意被扯進去。今天換好藥後不再讓妳掛號了，三天後回來拆線。」

「要等三天喔？」

「三天後，受傷滿十四天，原本十一、二天就能拆，但考慮妳天天要擦地板，傷口又在膝蓋，怕太早拆會裂開，所以預定第十四天拆線。」

隔兩天她又來了。

一進門她趕緊擺擺手：「醫師，我今天不是來看傷口的，我拉肚子，拉了七、八次水水的，想拿點藥吃。一定是昨晚吃那碗剩麵吃壞的。」

聽她的肚子，腸子咕嚕嚕響，不是裝的。我開了些藥給她。

「醫師啊，既然人都來了，順便幫我看看傷口好嗎？」她停了一下又補充道：「這次換藥不算在保險內沒關係，我知道妳怕出事；不然我自己花錢也沒關係，妳也知道我緊張嘛！再不然妳幫我看看就好，我回去再自己換，我在家裡都一天換兩次，棉花、紗布都有。」

我還是幫她換了藥，不過沒向她收錢，也沒從保險申報。

兩天過去了，三天，五天，沒看到她的身影反而很不習慣。

一週後她終於出現了。

「我來開診斷書。」

「那拆線呢？」

「不必了，我找另一家診所拆了。那幾天感冒不能過來，就順便請看感冒的醫師幫我換藥拆線。」

「不過診斷書只能寫我這邊的就診記錄，不能寫其他診所的，妳瞭解嗎？」

「這我知道。大家的都寫完了，只剩妳這邊還沒開。」

大家？不過我不敢追問下去。

離開前我打趣問她：「妳這次賺了不少錢喔！」

「醫師妳愛說笑，我拆線後開始看中醫，膝蓋骨和後腰還會酸痛，保險不能保中醫，一帖湯藥就要花幾百塊錢，拿保險費付中藥費，恐怕還要倒貼咧，還是不要受傷比較好。」

說畢，微笑著離開了。

我正在忙

「請問妳是某某人嗎？妳今天不是掛號要看病嗎？」

「是啊。」

「那能不能請妳早點過來？」

「我正在忙。」

「可是門診都快結束了。」

「你們不是五點半才下班，我五點多再來就好了。」

「門診只開到四點。」

「那四點之後你們在做什麼？摸魚嗎？」

「小姐，有器械要清洗、要打包，診間也要消毒，還有報表要做，統計……」

「好啦好啦，知道了，我會盡快的。」

過了半小時沒見到人影。

「小姐，現在已經四點十分，所有的病患都看完了，只等妳一個。請問妳今天要不要來？」

「要啊，誰說我不來的。」

「因為門診結束後醫生還要去查病房，不能等太久，請問妳現在能出門嗎？」

「催，催，催，不能再等半小時嗎？」

「實在沒辦法，病房的病人也在等呀！」

「好吧，我現在就趕過來，請醫生等我幾分鐘。」

「那請您盡快。」

又過了十五分。

「小姐，現在已經四點二十五分了，請問妳今天到底還看不看？」

「看啊，我正在鎖門，很快就到了。」

「什麼？妳還沒出門？」

「我不是說過我正在忙！」

護士無奈地看看我。我指著手錶，比出五分鐘的手勢。

「可是醫生也很忙，急著要上病房。妳多久可以到？」

「現在出門叫車，大概半小時就夠了，妳跟醫生講，我五點會到。」

「五點？」護士看到我在搖頭，「五點太晚了，醫生說她沒辦法。」

「可是我已經掛號了，你們就應該等我看完才可以走。」

「小姐，門診有固定的時間，如果時間過了，人還沒到，就算自動放棄。我們已經多等半小時了。」

「反正已經等了半小時，再多半小時也沒關係。我這個病很嚴重，今天不看不行。」

「小姐，如果病很嚴重，那妳更應該早點出門，不該拖到現在。」

「是你們不給我看的，不是我不來。」

「話不能這麼說，實在是等太久了，妳一個人耽誤到病房十幾個人的時間，」護士看著我寫的字條，「醫生說如果妳五點多到，她把病房的病人看完後會再回頭看妳。這樣可以嗎？」

「好吧。」

我一直等護士打手機通知我，但手機沒響。隔天上班詢問護士她到底有沒有來。

「被她氣死了，那天診間收拾好已快五點半了，怕她真的趕過來吃到閉門羹，還特地打手機通知她，告訴她門診要關燈了。結果啊，」護士露出一臉苦笑，「結果手機沒接，打家裡的電話才接，她竟然告訴我臨時來了一位客人，要做生意，現在很忙，今天不想看了，叫我不必等她。」

「她不是說病情很嚴重，不看不行的嗎？」

「我看，如果多來幾位客戶，恐怕連病都不必看就自己痊癒了。」

我要住院

急診大門打開，一位年輕人拎著兩袋行李衝進來，喊道：「要掛急診。」說完把包包放下，轉頭就走出去。

他打開外頭停著的計程車車門，又拎出一大捆厚棉被放進室內，接著在車內掏了半天，拿出一個煮鍋與一個電爐放在大門口。回頭再翻找半天，抱進來四、五個裝滿手紙、毛巾、臉盆、拖鞋的塑膠袋。等東西放下來，整個急診內外都快被雜物掩埋了。

「少年的，你等一下……」事務員趁他這次轉身比較慢，一把拉住他：「你要幹什麼？要大搬家嗎？不是說有急診？」

「有的，等我搬完她就來了。」說畢又衝進車內拿東西。等一把青菜、一些碗筷、一個熱水瓶和一台電風扇放下來之後，他終於停手了。

「我這就去帶病人。」

他從計程車後座攙出一位七十歲上下的老婦人。「人交給你們，我走了。」

「先生別走，你這是在幹什麼？」

「我載人客來而已，沒我的事了。」

「她……」

「她自己會說話，不干我的事。」

「可是不是你載她來的嗎？」

年輕的司機火氣來了。「我又不認識她。從碼頭起算要三百多塊錢的車資，她殺了半天價，只肯付一百二十塊，還不到正常的一半，還要我幫她搬一堆東西。要不是看她七老八十的，我才不幹！做她一趟生意，算是半相送的，再留下來幫忙，要耗掉我半天時間，哪算得合？我要去接客人了。」說畢就出去了。

事務員拉大嗓門問病人：「阿婆，妳帶這麼多東西來幹嘛？」

阿婆：「嚇死人，講話小聲一點，我又沒耳聾。我是來住院的。」

「是醫生通知妳來的嗎？哪一位醫生？我來幫妳找人。」

「是我自己要來的。你幫我挑一間舒服的病房。」

「阿婆，這不對吧，住不住院要由醫生來決定。」

「住個院還這麼麻煩！還不簡單，那你隨便幫我叫一位醫生來就好了。」

事務員聽得張口結舌的，於是換我接過來問話：「不是麻不麻煩的問題。問題在於——妳今天到底是怎樣不舒服？」

「我沒怎樣不舒服啊，我好得很。」

「沒不舒服幹嘛來急診室？」

「一定要不舒服才能來嗎？」

差點沒昏倒！

「這裡是急診室，是在幫人治病、看急症的，不是旅館。」

「我知道這裡是急診室，所以才說要上病房去住。」阿婆理直氣壯地回答。

「可是沒有病不能住院。」

「那就說我頭痛好了，這樣有病就能住院了。我跟妳講，我要三人一間三等的，住院才不必貼錢，但是隔壁病床不能給我住人，否則太吵。還有……」

「這樣不行的。」

「阿感冒頭痛不行住？那就改成說肚子痛好了。」

「阿婆，我已經說過，這裡是醫院，不是旅館想住就住，妳有沒有聽懂？」

「有啦，有聽懂啦，所以妳就隨便寫個頭啊肚子啊怎樣的就好了，還不簡單。阿對了，記得不必幫我訂飯，才……」

「阿婆，醫院是不能當旅館來住的，妳到底聽懂不懂？」我已經快抓狂了。

「可是我的鄰居每次來，都嘛是這樣住的，沒花到半毛錢，每天還有兩瓶營養針可以打。阿妳是新來的吧？不懂不必難為情，找其他懂的醫生過來辦好了。」

一旁聽得快笑出來的護士忍不住了，插嘴說道：「阿婆，妳在說故事吧，哪有這樣子的醫院呢？」

「有啦，鄰居給我報的是那間ＸＸ醫院啦，可是我剛剛過去看已經關門了，說什麼醫生出國。

以前我曾經在你們這間住過一次院，雖然營養針一天只打一瓶不夠補，但另外那間關門了，沒辦法，只好到這邊湊合湊合。」

「阿婆，幫幫忙，這是多久以前的事了？」

「妳當然不知道，那時候妳可能還在讀小學吧。讓我算算看……長孫還沒娶媳婦之前，那次相親……喔——大概有二十年了吧！」

星沙

月亮繞行地球一周約需二十四小時五十分鐘，海洋受月球引力影響，海面產生週期性升降現象，於白天稱潮，夜晚稱汐。太陽因為距離地球太遠，所以對潮汐影響不大。由於受到地形影響，再加上月球會移動，與地球的距離不固定，所以各地的漲退潮時間與潮差不盡相同，潮水能退多遠多低也天天改變。

觀光客可能興高采烈地帶著鏟子、水桶衝到海邊，卻見堤防外汪洋一片，思念的沙灘沉睡在數尺波濤底下。或者身穿泳裝，還得哀叫著走過礫石滿布的泥灘，好不容易泡進數十公尺外拍岸的海水中，才發覺水深不及腰。

潮起潮落，一天兩次輪迴，清晨乾涸的海灘到午餐時已被三、五公尺高的海水淹沒，寬闊步道轉成一片汪洋；但太陽西斜時，海星又躺在裸露的海灘招手，來不及走避的魚蝦困在潮池，槍蝦（鼓蝦）砰砰敲擊大螯，沙中的蚌殼感受到逼近的腳步壓力，猛然噴出水分緊閉雙殼。

習慣台灣西海岸海水浴場整片沙灘的遊客，鮮少想到這裡有不少灘底遍布礁石岩塊，而且上面長滿藤壺、蚵等甲殼生物，鋒利的邊緣可以輕易劃開腳底厚皮，更遑論身體其他部位了。所以當這位學生撿拾貝殼滑倒時，根本沒料到膝蓋會傳來一陣劇痛，幸好她的同伴們沒被鮮血嚇昏，還有辦法攙扶她走到急診室。

「筋應該沒斷吧！」
「起碼見骨了！我看到那白白的東西。」
「應該不會骨折吧，我只不過跪下去，力量不大。」
「醫生，我們沒找到自來水，所以還沒幫她清洗傷口。」
「我先幫她加壓止血了。」
「醫生，我有蠶豆症，但沒有其他藥物過敏。」
「醫生，她還忘了講，她上個月才打過破傷風預防針。」
「我正要講，被妳先講去了。」
「妳只顧著擔心妳的蠶豆症，所以我幫妳記著破傷風。」
「還有，剛剛的血流得不多，小郭幫她壓得很好。」
「才說咧，妳把我壓得好痛。」
看她們七嘴八舌，講的卻都是重點，而且面無懼色，與常人不同，讓我十分好奇。
「妳們讀哪所學校？」
「XX護校。」其中一位迅速回答。
「我們讀三年級。」
「不過有人已經到醫院實習了。」
難怪。

「處理傷口時要不要在旁邊看？」正常狀況我會請大夥出去，不過她們很守規矩，應該不會亂碰亂摸，而且這也算增加經驗吧！

「可以嗎？我要看。」

「我也要。」

「我也要。」

「不要啦，妳們不要來亂，出去啦！」只有患者抗議，不過她也是笑笑的沒堅持。

蚵殼上面附有海藻與泥沙，必須清乾淨才不至於發炎。我從傷口挑出一小片碎裂的貝殼：「這種小蛤蜊與台灣常吃的『蜆』體型很像，殼薄，紫褐色有花紋，常拿來煮湯，妳們可能中午也有吃。」我將碎片遞給她們。

「ㄟ，對喔，我剛剛也在海邊挖到一個，不過只剩空殼了。」

「我看看……」

「我覺得怎麼看都不像……」

當她們討論時，我又挑出一顆黑色石頭。

「這是澎湖的『玄武岩』碎片，黑色火成岩，妳們聽過『柱狀節理』嗎？」

「柱……」

「耗呆，就海邊那片岩壁嘛，昨天導遊才說過。」

「怎麼那麼黑……」

「裡面有沒有文石？」

「文妳個頭咧！」

「咦，怎麼有這種東西？」換我感到驚訝。

「發生什麼事？」

「等等，讓我先看清楚……耶，沒錯……再……好，出來了。」我將一顆細小灰白色的沙子遞給她們。「這是星沙。」

「星沙？」

「星沙。有孔蟲化石，看起來像中空的沙粒，上面長角，一根到十數根不等，澎湖海邊到處都有，但數量不多，形狀各異，難得有這麼漂亮的。妳們看，這顆星沙長著五根對稱的尖角，很類似五芒星星，而且每根角都沒斷裂，真是百中挑一的極品。」

星沙在她們之間傳遞著，一時間大家都忘掉這場掃興的意外了。

阿就……就這根嘛！

「先生，哪裡受傷？」

「……」

「借問你哪邊受傷？」我換成台語又發問一次，稍稍提高音量，怕他聽力不好。

「……」

「先生，請問您哪邊受傷？」我再換一種口氣詢問。

曾遇到病人嫌醫護人員口氣不好，寧可不看病走人，或故意不回答裝聾，等護士千拜託萬拜託才肯開口。甚至還碰過病人認為護士直接呼喊他的名字，沒加上先生兩字不禮貌，當場破口大罵，要醫護人員道歉後才肯就診。

「……」

「Where did you……」

「我說國語啦。」

這位先生看看左右，又閉嘴了，不過滿臉猶豫，欲言又止。

「哪邊受傷講出來沒關係，這裡只有醫生護士，沒有雜人。」

「我……我……我這根破皮了。」

他下垂的左手在小腹前方晃動一下，我還來不及看，手又縮回去了。

「哪一根啊，讓我看看好嗎？」

「這……這個……我不好意思講。」

是敏感的「那根」嗎？怎麼這麼巧。

「別緊張，沒有人會笑你的，你就當醫生護士都不是人就好了。」

「阿……ㄜ……就……就這根嘛！」

他毅然舉起左手，手背朝外，流血的中指豎立著，其他四指微彎。

「不好意思，我不是沒禮貌，可是這根……這根指頭實在很難比。」

漏氣

電視看多了，多少也聽過「氣胸」這個名詞。胸壁與肺臟之間是肋膜腔，只有不到一百cc的液體，不能存有空氣的。隨著橫膈膜和胸壁的運動，讓肋膜腔產生正負壓力，牽引著肺臟擴大縮小，使空氣進出肺部，這就是呼吸作用。倘若肺臟破了個洞，或者胸壁開了個口，讓空氣跑進肋膜腔，破壞原本的密閉空間，肺臟就會塌陷，無法正常呼吸，這種病態叫做氣胸。空氣積太多會要人命的！氣胸的治療很簡單，插根管子以負壓將空氣抽出來，讓破洞自行癒合，就叫插胸管。

別急，今天不是特地來上醫學課的！下面就要提到一位寶貝病患了。這位先生頗年輕的，因為肺部莫名其妙破了一個洞（自發性氣胸），所以產生呼吸困難的症狀。門診醫生一診斷出來，就幫他插了胸管，硬逼著他住院。他的女朋友不甘寂寞，也天天跑到病房陪他。

住了兩天，塌陷的肺部終於膨脹起來，原本只要再等兩、三天破洞長好就能出院，可是卻發生了意外。

由於陪伴者晚上必須租躺椅休息，睡得很不舒服，所以女朋友乾脆就爬上病床，兩人相摟而睡，護士怎麼勸也勸不聽。每天都要睡到早上八、九點，上班的人多了才會醒來。

第三天早上，護士查房交班時，赫然發現胸管的接頭鬆脫了，病人雙眼緊閉，一動也不動。護士慌慌張張把接頭接上，拚命搖晃病人，想說這下子他小命不保。沒想到病患悠悠張開惺忪的雙眼責問道：「幹嘛這麼早叫我起來？」他的女友還在旁邊呼呼大睡呢！

護士當下把胸管千貼萬貼重新固定好，匆忙推他去照X光。沒錯，好不容易膨脹的左肺又全垮了，只好從頭來過。

據大家推測，是因為女友躺在插胸管的那一側，身體壓在延長管上，因此病人每次翻身都扯動接頭。三天下來，再牢的膠帶也黏不住。所以我們警告他不可再讓女友躺上病床，可是這些話被當成耳邊風。

當天晚上，女友依舊來訪，睡覺時間到了又溜上病床，只是這回聰明一點，換到沒管子的那邊躺著。大夜班護士不知道白天發生過的混亂，就沒有勸阻他們。

第四天清晨查房時，發現他倆仍舊相擁而臥呼呼大睡，而那根胸管嘛……又脫落了！

主治醫生火大了，把女朋友趕出醫院，警告她不准再來，否則要通知雙方家長出面。同時警告病患，若是拖太久破洞長不起來，就要抓他進開刀房動手術。

這招見效了。在度過三天平靜的夜晚之後，他肺臟的破洞終於癒合。直到拔管出院，女朋友都不敢再出現。

虧大了

「我要住院。」病人聽到要動手術，斬釘截鐵地回答。

「住什麼院？這種小手術，上個局部麻醉，開完刀都還能回去上班，何必住院。」

「醫生妳不知道，我的老闆很龜毛，如果不住院，他會認為我想偷懶，一定不准假的。」

「這也不必請假啊，只要不碰到水，一樣能上班。」

「問題是，我是負責清潔打掃的，不碰水怎麼工作啊！」

「ㄜ……那妳把包上紗布的手讓老闆看看，就有理由請假了。」

「我上有公婆，家中還有兩個小的，老公也要上班，如果不住院的話，回去一定得做家事。洗碗、煮菜、洗衣服、幫小孩洗澡，能不碰到水嗎？住院的話才能名正言順請老公代勞，或者買外食，不然公婆會講話的。還有，把小孩丟給他們，自己上醫院換藥，也會被嫌到臭頭。妳就幫幫忙吧，妳不知道做媳婦的命多苦啊！」

「但健保對住院條件有規定，不是想住就住。」

「開刀是件大事……」

「健保認為開這種小刀不是大事，上局部麻醉也不是大事，除非妳對麻藥產生嚴重反應……我希望不會，但不然不符合住院條件。」

「難道就沒別的辦法可想了嗎？」

「唯一的辦法，就是妳自費住院。既然有休養的問題，讓妳自費住個兩、三天還可接受，太多天就說不通了。」

「我只要住三天就夠了。」

「還有，自費住院一天，包括伙食等花費，一、兩千塊跑不掉，妳可得想清楚。」

「我已經先算過了，沒問題。」

「不過話講在前頭，妳要住院就乖乖住，不可以偷溜回家，如果護士向我報告找不到病人，我立刻幫妳辦自動出院，沒有第二句話。」

「我一定乖乖的。」

她這三天真是個模範病人，整天不是看電視、講電話，就是翻閱雜誌或與人聊天，似乎把這當成難得的休假。甚至頭一天半夜，隔壁床臨時收住了位失智老人，吵鬧整夜，她也沒抱怨。三天到了，乖乖繳足費用，領了五張診斷書，辦出院了。

不料，隔天她又回到門診。「醫生，妳這診斷書寫錯了。」

「哪裡寫錯？」

「不是該註明有上麻醉的嗎？」

「開刀都會上麻醉，所以不必特別註明。是不是保險公司刁難？」

「是的。」

「是哪家保險公司，告訴我，以後我投保時會避開它。」

她笑而不答。我幫她加註局部麻醉等字樣，這才讓她滿意。

隔天她又回到門診。

「醫生，診斷書有問題。」

「哪裡的問題？」

「要寫全身麻醉才可以。」

「可是妳上的是局部麻醉，怎麼可以……」

「局部麻醉不行啊，公司說的，說要改成全身麻醉。」

「上什麼麻醉就寫什麼麻醉，不能亂改，那是犯法的。」

「喔……早知道就請妳幫我全身麻醉。上全身的不是比較好？妳不是應該讓我選擇的嗎？」

「全身麻醉反而比較危險，併發症也高，還有人因藥物反應而死掉，非必要不會上全身的。」

「我……可是……」

「太太，妳只不過是拇指上一顆小小的疣，拿電燒燒一下，連開刀都只勉強沾到個邊，不必冒這種麻醉風險。這樣講妳瞭解了嗎？」

「唉。」

隔兩天她又來了。

「診斷書還是有問題。」

「問題出在哪裡？」

「妳沒寫縫幾針。」

「可是妳又沒有縫合。」

「開刀不是都要縫？」

「電燒就不必縫，連手術刀都沒動到。」

「那妳就幫我寫說縫了一針，反正拆完線誰也看不出來，不會穿幫的。」

「太太，做什麼就寫什麼，不能亂編的。妳的問題到底出在哪裡？」

「我……公司說這樣就不能請錢了。」

喔，原來是保險問題。

「妳到底保了什麼險，還要那麼麻煩？」

「就手術險啊。公司規定要住三天以上才能請錢，還要有縫合的才算。本來有兩家上全身麻醉有額外給付，但妳說不行就算了，那邊損失不多。如果不寫說有縫，我五張通通請不出來，那可虧大了。」

「五張……」

「我保了五家保險，保險費繳了一堆都沒領到，想趁這次開刀賺他一筆，這下不就泡湯了！醫生妳幫幫忙做個好事，多少讓我領一點，不然我繳那麼多住院費……」

「繳了多少？」

「約五、六千塊。本來算算能領到三萬多的保險，還賺兩萬多，才跟公司請假的。我連全勤獎金都放棄了，早知道就不開刀，害我賠上一筆。」

「太太妳不如這麼想，這刀早晚要開，現在小小一顆很好處理，復元也快，假如等疣傳染到滿手滿臉再處理，那才真的虧大了。」

她還是嘟著嘴，滿臉不悅。

「我能幫妳的，就是開張診斷書說傷口沒好，還不能碰水，方便妳請假。妳不是說老板很龜毛，不讓妳請假的嗎？」

她猛然站起來。

「拿這種診斷書又不能請什麼錢，算了。我手下又不是沒有人幫我做事。」

「可是妳說老板……」

「醫生妳沒聽懂是嗎？我開刀住院就是要領錢，既然妳不能幫忙就算了，我不怪妳，這不是妳的錯，公家機關本來就是比較龜毛死腦筋的，是我失算沒事先問清楚。謝謝妳的好意。」

她轉身離開，嘴巴邊走邊唸：「早知道就去藥房買塊雞眼貼布貼貼還比較省，隔壁阿葳就是自己貼好的，不過每兩三個月還要重貼一次很麻煩……」

凝膠

施行超音波檢查時，必須在受檢部位與超音波探頭之間抹上凝膠，一方面藉著凝膠的高含水量幫助聲波傳導，一方面讓探頭可以平順移動。

不過該用怎樣的凝膠就有學問了。太稀薄，雖然好擠，但會在病人身上流動，往往造成困擾；太濃稠，則探頭不好滑動，操作起來既吃力又降低準確度。每個廠牌的凝膠性質都不太一樣，價格也五花八門，但必須通過「省聯標」*採購系統，院方才可以購買。

一天，我拿起軟罐一擠，只聽到空氣噗地一聲，落下一小坨凝膠。搖一搖，罐子還是半滿的。

「怎麼回事？」

「改牌子了。曹醫師一直抱怨先前的廠牌不好用，所以申請新的。」

「可是曹醫師不是就要走了嗎？」

「是他去年請的，因為那家廠商在省聯標一直沒標到，所以照規定不能買，今年通過了，趕快幫他叫貨，沒想到他已經遞辭呈了。」

我用盡雙手之力，才擠夠足量的凝膠。

「其他人覺得好不好用？」

「馮主任與唐主任都認為沒問題。」

好吧，主任說可以，我這小兵還有什麼話好講的！

不過怎麼用怎麼不順手，不好擠還在其次，探頭移動時阻力超大，稍微用力一推，探頭又快速移動，實在不習慣。

過了幾週受不了，請護士幫忙詢問：「能不能買其他的廠牌？還是換回先前那種？」

「我上週才幫馮主任問過，他也受不了，不過去年的廠商今年度沒標到，所以不能叫他們的貨，上個月用的是去年的庫存。」

「那如果改叫另一家的貨可以嗎？我是說，找一家比較稀薄的，又有省聯標，就像上週那個試用品牌，只要叫一小箱讓我跟馮主任用就好。」

「唉，妳想到的馮主任也想到了，可是這次一口氣進了好幾大箱，衛材室說要等用到差不多才能再叫。」

只好等了。

冬天到了，氣溫越低，凝膠就越澀，還好室內溫度不高，火氣也竄不起來。

「能不能弄個加溫器啊？」某天我靈機一動：「凝膠擠到病人身上，他們都抱怨冷得要死，把它加溫，病人感到舒服，膠也不會那麼硬了。」

「可是醫院沒有那種東西。」那時候電磁爐才剛上市，現在很普遍的幫咖啡杯保溫的小電磁爐也沒人聽過。

「X光室用的藥劑加溫器可以嗎？請幫我問問有沒有大一點能擺凝膠軟瓶的。」

問的結果當然是沒有。（有的話，我也不會寫這篇文章了）

後來把瓶子移到暖氣出風口，稍稍調高室內溫度，每次多擠一點，希望趕快把庫存用完……啊不，是增加凝膠用量以增加滑順度，解決了部分問題。

經過幾個月的「訓練」，力量比較會拿捏，加上春天到來氣溫回升，膠變得較軟，反而感覺這種牌子滿順手的。

又過了兩三個月，某天我照例拿起膠瓶重重一捏……近三分之一瓶的凝膠落在病人身上，如水壩潰堤般向四方流竄。

當我七手八腳拿紙巾擦拭時，護士才想到：「醫生，我忘記告訴妳了，舊的牌子終於用完了，今天開始改用上回試過那家，妳說要比較稀的。」

「可是怎麼這麼稀，這也太離譜了吧！」

「妳也知道，夏天快到了，天氣熱，凝膠會變軟。」

「但這樣不行啊，能不能再叫回以前的牌子？喔……」看她的表情我就知道答案了——「要等存貨用完！」

夏天在小心戒慎中度過，不停地圍堵亂流的凝膠，不斷提醒自己擠輕一點。過了中秋，狀況開始好轉。隨著氣溫逐步降低，凝膠黏稠度增加，使用起來既平滑又柔順。

「既然冬天到了，就繼續用這家的吧！」

護士面有難色。

「又出什麼狀況？難道這家公司倒了不做了？」

「不是，是朱醫師，他覺得膠太稀，每次都流到不該流的地方，用起來太浪費了，就申請換廠牌，昨天衛材室通知這是最後一箱舊貨，用完就沒了。」

「那要換成……」光看表情就知道答案了——「去年冬天用的，很稠很澀的那種！」

護士微笑著點點頭，不過我可笑不出來了。

※省聯標是政府舉辦一年一標的採購系統，由合格廠商競標，價位最低的得標，該年度凡省屬醫院都只能向通過省聯標的廠商購買藥品或衛材，不過某些品項同時准許數家廠商得標。

舞者

若把醫術比喻為藝術，超音波檢查就是一首芭蕾舞曲，舞台設在患者身上，拿探頭的手在翩翩起舞，不過這是獨舞，既沒觀眾也無配樂。

對病人而言，身上冰涼的膠體與滑動的儀器，怎樣也無法與上方的螢幕影像產生關聯，那片灰黑晃動的圖形，就如夢境般片段、混沌，比清晨薄霧更難捉摸。然而面對不知何時終止的舞蹈與其背後含意，再怎麼樂觀的人也會產生焦慮，滿心期望無恙的宣判。

若受檢人數不多，醫護人員會對病人與家屬解說狀況，但遇到大規模篩檢活動，場地就像菜市場那般熱鬧，半天不到必須看完幾十位民眾，詳細解釋是幾乎不可能的，頂多草草告訴他們「正常」或「明天再到某某醫院詳細檢查」，然後把他們交給志工解釋。志工水準不一，因此有不少受檢者等了半天，連篩檢什麼都弄不清楚，更遑論瞭解結果了。

當這位阿婆躺上檢診台時，只覺得她很面熟，等衣物解開露出上腹部的刀疤，我敢肯定她不久前才讓我看過。

「阿婆啊，妳有來過嗎？」

「有啊，這幾天天天來。」

「誰叫妳來的？」

「阿就衛生院的護士報的，說這裡有超音波。」

「那妳先前做的結果怎麼樣？」我以為是前幾天的醫生看到問題不敢肯定，要她找我確認，但那樣也該寫張小條子或事先用電話打聲招呼，不會直接叫病人過來。而且那熟悉的刀疤……

「阿婆啊，先前的醫生有沒有拿什麼資料給妳？」

「沒啊，哪要什麼資料？護士不是說人來就好。」

「那妳今天來……」

「就是要來做超音波的。」

「還有誰幫妳看過？」

「醫師您不認得我了？我是前天您幫我看的，肩膀酸痛那位您記得嗎？」

「喔……」

終於想起來了，前天做乳房超音波篩檢，有位阿婆一直伸手抓探頭，要往肩膀移動，說她那邊才有問題，檢查完就順勢幫她看了一下。不過當然沒看出什麼，只確定隆起的那肉塊是脂肪瘤，其他的不屬於我的專長，要她直接找骨科醫生。

「那天不是檢查正常嗎，為何還要來？」

「阿就做超音波啊！這不是做免費的？我想趁這個機會多做幾次，不然還要搭車到大醫院，太麻煩了。」

「阿婆啊，這是檢查，不是治療。」我終於弄懂了，她把超音波檢查當成復健科的超音波治療了。雖然兩者名稱與原理近似，但是波的頻率強度差很多，作用與目的完全不同。

「不是都是叫超音波？」

「名字是叫做超音波沒有錯，但這台是在檢查有沒有得乳癌，不是在治療筋骨的，跟大醫院那台不同啦。」

「誰說沒有用，我那天抹過以後就覺得肩膀比較不酸了，輕鬆整個下午，到隔天又難過起來。昨天跑去湖西那場，那位台灣來的醫師很傲，都不肯幫我抹，光在胸前移動。我胸口本來也會酸痛，前天已經讓您醫好了，不必再做了，可是他不聽，胸前做完就把我趕下床。我打聽到今天您還有在做，就跑過來，今天能不能只抹肩膀就好，幫我抹久一點。」

「阿婆幫幫忙，」我看到外頭還有十幾位民眾在排隊，一位小孩躺在地上哭，還有位小媳婦在奶孩子，不曉得中午收工前能否做得完。「妳已經做兩次了，不必再做了，把機會讓給其他人，不然時間不夠會有人檢查不到。」

「麥啦，我好不容易才來這麼一趟，光那個車錢就花掉五十塊，您就可憐可憐我，幫我做一下吧。」

土芭樂

平日好像菜市場那麼熱鬧的門診，不知道是適逢廟會，還是漁季到了，兩、三天內病患驟減，不到十點就叫不到病人，我也趁這個機會偷個閒，在門診部隨意逛逛。

走到一個轉角，突然在一排破舊的紙箱後面看到一扇木門。平日深鎖的門因為鉸鍊鏽斷了，開啟一條縫，我自然就推門進去探險。

這是座中庭花園，有著不再噴水的魚池，和疏於整理的花圃。高大的樹木與茂密的扶桑，投下一地斑駁陰影。樹上鳥鳴不斷。魚兒透過漂浮的綠藻探嘴吸氣，吐著泡泡，不時抖動著尾鰭，劃出一圈漣漪，弄皺一汪綠油油的池面。地上落英紛紛，殘花撒落成一片地毯。

原來如此！難怪平日看診，老是聽到窗外隱約傳來鳥鳴聲，卻從不見鳥蹤，還以為是自己耳鳴或聽錯了呢！

看到池邊一棵高大的樹上掛滿紅豔濃紫的小果子，不禁高興起來，好多年沒吃到新鮮的桑椹了。我撿起一根枯枝，用敲的、撿的，摘了滿手的果子吃了。以後只要有空檔，我就想辦法去弄些桑椹吃。

同事看到我吃桑椹，感到十分訝異，因為他們從未注意到桑樹除了養蠶，還能結果子來吃。可是當我告訴他那邊有棵木瓜樹時，他會心地笑了：「喔，那棵喔，那一定很甜。」

「為什麼？」我不解的問。

「我每次吃到好吃的水果，就把種子從窗口丟進花園，希望它能發芽。妳看到的應該是我以前丟的種子長出來的，那當然甜了。」

木瓜成熟時我忘了去採，聽說被小孩子摘去吃了。

隔年想吃桑椹再去看看，發現花期已過，只留得滿地曬乾蟲蛀的殘果。

忽然發現角落一棵樹上吊著熟悉的景象：土芭樂！正宗土產，不是改良種，掛滿了樹頭。很高興摘了幾粒，洗淨吃了還不過癮，乾脆撿了滿兜的熟透水果，準備帶回家打芭樂汁喝。

當我拿到門診清洗時，一位同事看了，好奇的問：「誰送妳的？現在土芭樂越來越少見了。」

「不必問了，要不要吃？好甜。」

「到底怎麼來的。」邊說邊伸手挑揀。

「我從中庭摘的。」

他臉色驟變，搖搖手說：「剛想到，就快吃飯了，現在吃了會吐胃酸，我看算了。」說畢就告辭了。

我繼續清洗，一邊啃著香甜的芭樂，一邊盤算著：今天有新鮮果汁喝了。

又進來一位同仁，一看到我手中的水果就問：「好眼熟，哪邊摘來的？」

「我從中庭那棵樹上摘的。來一粒吧。」

「天啦！那不能吃的！那邊的屋子自從改裝成X光科以後，不但每天照電光，而且洗片機的廢水也都往溝裡排……」

另一位同事路過，聽到對話，也湊進來講：「好可惜，以前那棵芭樂是全馬公最香最甜的，我們常去摘，可是現在再也不敢了！」

「那這些怎麼辦？」

沒人理我，他們都趕去下班簽退了。

忍痛丟了剛摘好洗淨的水果，才猛然想起已經啃掉那麼多顆，不知該吐還是不吐。

忽然寒氣上湧，去年！去年我吃得那麼高興的桑椹……

演唱會

起先是鵝黃帶點青綠，像老忠實溫泉那樣噴湧上來，接著緞帶般的紅色河流穿梭在背景當中，並逐漸暈開，然後熟悉的氣味彌漫在空氣中。

「先生，傷口還是很髒喔，膿一直流不乾淨。」

「對啊，裡面在開演唱會，很熱鬧。」

「演唱會？」

「開演唱會啊，所以裡頭的人很多。」

「人……」

「膿啦！台語的膿和……」

「我知道了，膿和人同音。沒想到你還有心情開玩笑。」

「呵呵。」

這位先生的背部長了好大一個硬疙瘩，痛了將近十天，外頭的診所醫不好，認為細菌很毒，所以把他轉來醫院。雖然來院時已經破出一個小口子，但引流不夠順暢，換了幾天藥，還是「人山人海」。

過了四天他有點煩惱了：「演唱會老是不散場，不知道該怎麼辦？」

「我想應該是門開得不夠大，所以觀眾不曉得該怎麼離場。我幫他們開個大門好嗎？」

「好啊，反正來醫院就一切交給妳了，該怎麼做就怎麼做。」

手術很簡單，麻針一打，刀片一劃，接著就忙著拿彎盆接膿，不小心床上還流了一灘。

隔天換藥，乾淨多了，再過兩、三天，紅腫都退了。

「演唱會散場了吧！」

「終於結束了，人也走得差不多了。」

「那我還要不要再來換藥？」

「ㄜ，場地還沒收拾乾淨，再多來兩、三回吧。」

診間看世事

他從不抱怨，
因為喉嚨的開口與協助他呼吸的管子妨礙了說話的能力。
當護士翻動他，幫他的臀部清創時，
沒有哀嚎也無掙扎，癱瘓的下半身是沒有感覺的，
而手臂打針時，那種疼痛還不及心頭之痛。

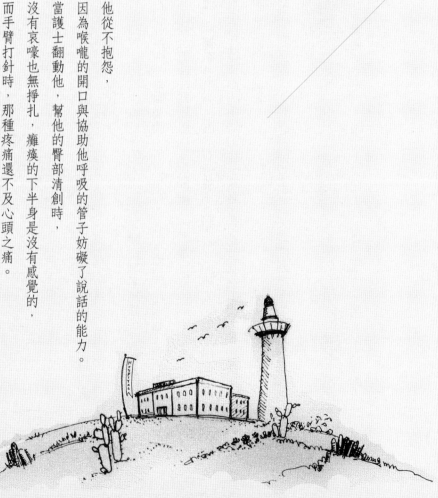

有不是的父母

這已經是十幾年前的事了。

某日一一九送來一位「路倒」老人。所謂路倒，指的就是查不出身分又找不到親友又沒錢的病患，因為經常是病倒在路上被人發現，所以通稱路倒。

有少數病患經警方查訪，能夠重回親屬懷抱，但更多的人不是病死醫院無名無姓，就是幸運出院轉住遊民收容所。因為路倒病人的費用由社會局補助，所以也有些老遊民利用此福利，到公家醫院看不要錢的病，吹不要錢的冷氣，甚至把醫院當旅館住，每隔兩、三天換一家。

這位老人到院後，除了醉酒與一些輕微外傷外，就只有營養不良和衰老。病人也能說出姓名與兒子的住址。經診治後，雖無大礙不需住院，但因年老力衰，全身器官功能都已衰竭，預估壽命不長，需要找個安養的地方，所以請警方協尋家屬。

過了幾天傳出捷報——終於聯絡到家屬了。原以為隔日上班病人就能回家，想不到他還在急診室。護理人員描述家屬拒不出面的理由：

該病患年輕時吃喝嫖賭，把家產敗光不說，還欠下一屁股的債，害得妻子兒女挨餓受凍，衣食不濟，經常受催賭債的人威脅，後來更棄家而去，因此子女從小就不肯認這位父親。家人苦撐十幾年，兒女終於成家立業，擺脫債務陰影。但父親又出現了。與他們接觸後依然惡習不改，需索無度，還假借兒子名義向地下錢莊借錢，甚至想把房子賣掉，所以家人在不堪其擾之下，只能再度搬家避禍。

在這種情況下，當然無人願意帶他回家了。家屬不帶，只好請警方將他轉送收容所。不料因為查出有家屬，病人就脫離路倒身分，不但不能享受免費醫療，先前的醫藥費用也不能由公家支出，連住進收容所的資格都喪失了。

想讓他免費出院，他酒精中毒的身子也無法自行離去。就算真的找到機構願意免費收留，無家屬授權也不能擅自轉院，否則轉出問題誰該負責？

經過多次電話聯繫，兒子仍拒不出面，希望病人待在醫院不要煩他。講到後來想請他折衷一下，至少付些飯錢讓病人有得吃穿，醫藥費再說。他竟然撂下話：就讓他餓死在急診室好了，等他死了再來收屍結帳，到時候一毛錢都不會少付。

無人接管之下，只好將病人擺在急診室。

因為不是住院病人，依規定不供應伙食，即使想破例幫他訂餐，要找誰付這筆帳？兒子表示會付錢只是說說，無憑無據，沒人相信他真的會來結帳。病人脾氣壞、會罵人，挑三揀四又不知感激，大家想說連家屬都不肯管了，憑什麼要非親非故的我們把他當佛祖供養著？所以無人願意幫他出伙食錢。留院期間，好心人士會買些便當給他吃，工作人員若是便當有多帶的飯菜也會分他一些，有時候工友還會收集其他病患的剩飯剩菜讓他填肚子。院方聯絡的慈善單位後來幫他解決了部分的餐飲問題。

急診值班是輪流的。人來人往變換很快。過了幾週再想到他時，已經看不到他了。

一問護士，原來一週前他的病情突然惡化，併發肺炎很快轉成多重器官衰竭，院方不管他有錢沒錢還是盡量救，可是再怎麼治療，醫學也有個極限。眼看一天天惡化快不行了，打了許久的電話終於又聯絡到兒子，通知他來見最後一面。

想不到兒子說：該用的你們看著辦，等他死了我自然會來結清帳款，人死了再通知我就好了。

撐了三、四天，病人宣告不治，隔日兒子依約前來付清欠款，領回屍體。

這故事部分的內容來自同事間口耳相傳，可信度多少我也不知道。事情的真相永遠無法證實，或許傳說中的故事是由許多類似的事件拼湊而成的吧！但至少就我所知，確實有一部分情節曾發生在我治療過的某位病患身上。

原本的感覺是，怎麼會有這樣的兒子？畢竟是自己的親生父親，會壞到那種程度嗎？有沒有可能是子孫不孝想逃避責任，故意不出面，把麻煩丟給工作人員？

近幾年虐童事件聽多了，也看過不少被整天喝酒不賺錢的丈夫痛毆的妻子，以及被欠債的父母賣身的兒女，對社會的感受已經改觀。

天下真的無不是的父母嗎？如果父母不仁不義形同禽獸，子孫輩還應該秉著愚忠愚孝來奉養他嗎？我以前不認同他兒子的作為，可是現在重新思考這個狀況，認為這位做兒子的在經歷過童年的折磨之後，真的已經仁至義盡了。

「孝」子

父母親雙方都應該被兒女尊重的。

以多數的家庭結構而言，雖然外出工作的男人負責賺錢，早出晚歸，要應付老闆、拚業績，是家庭的經濟支柱，可是留在家中的也不清閒。母親要持家，要打理內外、烹飪洗衣，應付一切大小瑣事，還要想盡辦法從父親交給她的微薄菜飯錢中存一點點積蓄起來。許多男人賺多少花多少，手頭上留不住金錢，當全家老小出了任何狀況，就要靠積蓄來應急了。

可是從兒女們的眼光來看，父親學歷高，會賺錢，也會帶小孩出去玩，向父親伸手有錢可拿，自然是討好親近的對象。

而母親在「女子無才便是德」的傳統觀念影響下，能接受良好教育的機會不高，往往目不識丁或中途輟學。要嘛就留在家中當幫手，要嘛就是出去靠勞力賺錢，賺些蠅頭小利。即使有了收入不錯且穩定的工作，婚後在夫家的要求之下，也經常被迫辭職，專心顧家。無收入又得看先生的臉色，整天操持家務，蓬頭垢面，甚至談吐粗俗，見不得大場面，相形之下地位彷彿低人一等，很容易被其他成員視作家中的隱形人。

加上自古「男尊女卑」的觀念作祟，認為男生要傳宗接代，不能有所閃失，不必、也不應該幫忙家務，造成男生只會吃喝玩樂，連一點家計都不必負擔。更惡劣的是，視母親為下女看待，動輒打罵，一點也不尊重她。

這種扭曲的觀念，有時候會出現在某些家庭中。一天在急診，我就目睹了這種極端的表現。

晚上八、九點，送進來一位十六、七歲的高中生，滿臉鮮血，一身酒氣。

他一進門就叫道：「你……你……（指著身旁的朋友），叫我母親過來，叫她去帶一件我的衣服來給我換，這件都弄髒了。」

過沒多久，一位穿著工作服、圍著圍裙的婦女趕來了。

「衣服呢？」

「我一聽說你受傷就趕過來，還來不及……」

病人伸手一揮，一副要揍人的樣子，不過重心不穩，差點從病床上摔落。

母親衝向前扶著他。

「呸！妳過來幹嘛？叫妳拿衣服都不會。」

「對不起，我還在上夜班……」

「錢帶來了嗎？」

「什麼錢？」

「算了算了，看病要錢都不知道，還虧妳讀過小學。」

「對不起，我真的是一時緊張。」

「說對不起就夠嗎？我都是被妳害慘的。就是妳，不讓我換新車，今天才會出車禍。」

「對不起，我想車子才剛買兩年……」

「妳要搞清楚，」病人變了個臉，一副鄙夷的態度：「錢是老爸賺的，將來財產都要傳給我，我愛怎麼花就怎麼花。妳不給我用，還要偷存私房錢幹什麼！」

「沒有啦……我哪有……」

「還辯！我翻過妳的抽屜，看到存摺。」

她臉色大變：「那是……我只是……不是啦……」

「看妳緊張的那型……我要跟阿爸講的話，早就說了，還等到今天……」

看她的臉色稍加緩解，他又回復跋扈的態度：「還不趕緊回去拿衣服。快！」說畢用力一推，母親差一點跌倒。「女人真沒用，一件小事都辦不好。」

旁邊的護士實在看不下去，開口勸他：「你也不該這樣子講話，畢竟她是你媽媽，她關心你才會馬上趕來看你。」

「我又不是第一次受傷，有什麼好緊張的？」

護士：「可是她怎麼知道你這次嚴不嚴重？」

「妳也一樣笨！」病人衝著護士開罵：「我進來了這麼久，也不會端杯水給我喝，幫我洗洗臉，服務這麼差，還比不上開理髮廳的。看我弄得全身髒兮兮，褲子都破了，不會主動一點啊！」

護士脾氣很好，也不想與他起衝突，就笑笑的回答：「要洗臉應該你自己洗吧，這裡又不是理髮廳。現在先治療傷口要緊。而且就算我想幫你洗，也沒有毛巾啊。你的頭撞到了要觀察，醫生交代還不能喝水。」

病人不服氣：「不能喝水？聽妳在說咧！娘，去給我倒杯水來。」她乖乖去倒水，護士阻止不及。

他抓起水杯就喝：「幹！妳這賤人，倒這麼熱的水，要燙死我啊！難怪老爸常說妳沒用，只會吃閒飯。」

「對不起，我去加冷水。」

「不必了，我不想喝了（病人把茶杯往地上一甩），早晚被妳害死。還不快回去拿東西，順便帶條毛巾來幫我洗臉。」

「好……好……我一下班馬上去拿。」

「幹……等妳下班都幾點了！又不是什麼了不起的工作，掃掃廁所而已……」

趁著病人上藥治療的時候，他母親偷偷向我詢問：「醫生啊，他要不要緊？」

病人聽到了吼回來：「妳聾了啊！叫妳回家去還要問東問西。」

我安慰她：「放心，能這樣罵人的，大概沒什麼太大的問題。」

「那我要……」

病人又在吼了：「說沒事就沒事，不要再蘑菇了。」

「對不起，我馬上回家去拿東西。」

她看了我一眼才離去。

病人住院了。在病房吵鬧不休，把全部的患者都吵醒了，還把醫護人員的祖宗八代都罵遍了，最後沉沉睡去。

隔天中午，我去查房。他已經酒醒了，見我進門，面露笑容大聲說：「醫生您好。」我問他，昨天為何對他母親那麼兇。

「我對她兇？哪有。」病人彬彬有禮地回答，與前晚判若兩人。

「你昨夜受傷，被送來急診……」

「有嗎？也許吧！難怪頭上包著紗布。」

「那昨天的事……」

「昨天的事我全都記不得了。」

這時他母親走進來：「兒子乖，我中午沒班，幫你拿衣服來換了。」

我以為病人又要破口大罵，可是他竟然只是點點頭，接過衣物，絲毫沒有任何生氣的表情。

「那你先換衣服，我還要趕回家煮飯，你爹下班回家吃不到飯會生氣的。等我煮好再回來幫你洗臉。」

「我自己洗臉就可以了。」

我離開病房時，她還等在門邊。

「對不起，他昨天是喝醉酒，才會說那種話。其實他平日是個好孩子，安安靜靜的，心情好的時候還會幫我做家事，可是酒一喝就學他老爸，盡說些不三不四的話。只要等酒醒了就沒事了。對不起，昨天得罪各位了。」

「他難道不知道他的酒品不好嗎？」

「我跟他講過，可是他不相信，我也拿他沒輒。我曾經想過讓他老爸勸勸他，可是父子倆都是同一個脾氣，惹毛了會揍我，所以……我也只好認命了。」

醫生絮語

最近婚姻法修法，與家庭暴力防治法出爐，造成老夫妻訴請離婚的比率暴增。有的報紙報導說，這麼高的離婚率表示立法太鬆，相對之下鼓勵仳離。

但就我的感受來講，許多婦女已經受了三、四十年的欺壓打罵，敢提出離婚，一舉脫離苦海，是需要很大的勇氣的。畢竟這個社會還是很歧視離過婚的婦女。尤其對接受傳統三從四德教育，又沒工作的婦女而言，離婚等於永遠看不到小孩（夫家會干涉），喪失謀生能力，若不是受盡折磨，瀕臨絕望，誰敢考慮！於是許多婦女為了不失去小孩，為了不被街坊歧視，為了一口活命飯，就這麼忍下來了。小孩能體諒還好，若像這位婦女那樣連兒子都不把她看在眼裡，實在很可悲。

急診室的春天

經常半夜「兩更半」看到大哥大的女人，被一群不三不四的小鬼頭抱進急診室。千瘡百孔十幾道疤的手腕上，有一條不見血的淺淺傷口。然後走狗們大呼小叫：

「醫生呢？傷得這麼嚴重還不快來急救！」

「流了好多血，還不趕快打營養針補一補！」

「縫線縫細一點，記得打麻藥，不能使她痛。」

「要洗乾淨，不能有玻璃屑！」

「看仔細一點，筋要接好。」

「……」

有些人就抱著那女人不斷安慰，說著好話，甚至還親吻著她的手。而女的則不斷哭鬧掙扎，放話說她不想活了。沒事幹的四處閒逛，還走進留觀室觀看，順便騷擾病人。有人對著氧氣桶抽煙，叫他熄煙也不聽。更有些人拿起公務電話跟不知什麼鬼的聊起天來。

縫好後，大哥大進來了。看到傷口並不嚴重，先謝過醫生，然後揚手就甩那女的一巴掌罵道：

「妳想出什麼洋相？要鬧回家鬧，給我閉嘴。」

一轉身，眼一掃，「你們來那麼多人幹嘛？又不是沒看她鬧過！」

剎那間，女人不哭了，抽煙的到室外抽了，打霸王電話的自動收線。閒逛看女病人的被同伴拉走，在走廊喧譁的也降低音量。

然後大哥大掏出了一疊鈔票，叫身邊唯一沒醉的付錢拿藥。接著以噁心巴啦的笑容對女的說：「回去吧！」兩人親密地抱著，被十幾個兄弟簇擁離去。

這種鬧劇每隔一陣子就上演一回。而參與的，大半都是未成年少年，即將挑起國家棟樑的主人翁。真搞不懂，他們的人生到底有沒有目標，有沒有意義？

應該把一些管訓的小流氓送到流浪動物中心做義工，看看動物無私的愛會不會喚醒他們內心的良知。

你給我記住！

一對父母帶著受傷的小孩進來看病。傷勢其實並不嚴重，可是小孩怕得要死，拚命哭號。母親使盡花招，用買玩具、看卡通、打電動、吃冰淇淋等等來引誘，都無法安撫他。小孩子越哭越大聲，候診室不少病號都探頭進來觀看。

沒辦法，只好來硬的。

我請父母抓緊他，讓我展開治療。可是不知道是母親手軟，還是小孩天生神力，四肢不斷掙脫。猛不防，一腳踢到我的膝蓋。

「抓緊一點！」我叫著，「不然剪刀會刺到他。」

才把棉棒舉起來，他身子一挺，腳用力一踹，又踢中我的小腿。掙扎歸掙扎，小孩的父親倒是無動於衷，一副不想插手的樣子。

「手腳都要抓好！」

才剛就定位，他的手掙脫出來又開始亂抓，把鑷子都打掉了。這時候的我，火冒三丈，已經到了忍無可忍的地步。

「啪Ｙ——」一聲巨響，診間忽然間安靜了下來。小孩停止哭泣，掛著淚珠的臉頰上一個清楚的手掌印。母親一臉錯愕，半張著嘴，連話都說不出來。而我就利用這陣子混亂，飛快地治療了病人。

「少年郎，我告訴你，你給我好好記住！」

那位滿臉橫肉的父親說話了。

「小孩子不乖就要用講的，三講四講要有耐心。可是如果講了那麼多次還不聽話，就要像我剛剛那樣，狠狠的甩他一個大耳光，把他鎮住了，下次來才會安分。記清楚了嗎？明天我不在，他娘還會再帶他過來換藥，若是他仍然不聽話耍脾氣，妳不要客氣，就重重給他打下去，知道了嗎？」

吾家有子初長成

進來一對母子，小孩約略高中年紀，可是長得高頭大馬，鬍子也冒出來了。

兩人互看了一眼，由小孩先開口：「我手痛兩天了。」

母親糾正：「哪裡才兩天，你不是一個多月前就叫痛，後來才再受傷的嗎？」

小孩：「也沒那麼久啦，真的是前兩天打球才扭到的。」

母親又糾正他：「更不對，你告訴我打球扭到是上禮拜的事了，還是那次是說腳？」頓了一下，接著繼續說：「想起來了，兩個多月前你不是也跟我說腰那邊痛嗎？把衣服掀開給醫生看看。」一說著伸手就去拉扯小孩的衣服。

孩子不願意，推開母親的手，把掀開的衣服蓋下來，鬧著彆扭說：「不要啦，根本沒什麼，只不過閃到腰，早就好了。」

看他們母子倆越講越扭，我趕快插嘴：「那麼你今天到底要看哪裡痛？」

小孩：「手。」

母親：「腳……腰……嗯，手也有啦。」

「老實說，不要假裝，到底痛了幾天？」我無奈地問。

小孩與母親同時出聲——

「四天。」

「兩個月。」

母親聽到「四天」立刻轉過頭兇小孩：「你剛才還騙說才痛兩天，怎麼做人這麼不老實。」

小孩嘟著嘴不回答。

「你們講的都不一樣，叫我要聽誰的？」

小孩：「我的。」

母親：「我的。唉呀，你（轉頭看小孩）不要吵啦！」

小孩含糊地抱怨著：「又不是妳在痛。」

母親伸手去抓小孩的手想檢查一下，卻被他甩開。他乾脆站起身準備離去，嘴裡還唸著：「不看了，要去上課了，快遲到了。」

我指著小孩說：「等等不要走，我先聽你講，講完再趕去學校還來得及。」

母親插嘴道：「不要聽他講，他會說謊。妳看他剛剛不就在騙人？」

小孩斜眼望向母親，搖搖頭輕聲嘆氣：「唉，妳不懂啦！」

母親耳尖聽到了馬上辯解：「我怎麼會不懂！你是我生的小孩，從小幫你擦屁股、換尿片，看著你長大，感冒發燒是我熬夜幫你搧風，上次背後長瘡也是我幫你擠的，我怎麼可能不知道你哪邊不舒服……」

氣氛越鬧越僵。我轉向母親勸說：「這位太太，妳的小孩都快十八歲了，已經長大了。他有能力自己講，也有自己的想法。既然他要趕上課，我看妳先出去等好了。等我幫他檢查完了，再換妳進來。到時候我不催妳，也不打岔，會聽妳詳細慢慢講好嗎？」

她不悅地說：「妳憑什麼叫我出去？我是他母親，我要待在旁邊看。又不是沒看過他的身體……」

我繼續勸她：「小孩即使是自己的，長這麼大了，還是會害羞的。而且檢查要脫衣服，他會覺得不好意思。妳這樣子亂，等於在拖時間嘛！根本幫不上忙。」

「好吧，就給妳這個面子，我先出去。」母親很不情願同意了，出門前還特別交代：「不過醫生啊，妳可不要聽他亂說，他有毛病都不告訴醫生的。妳要是相信他說的話，會被他騙的。」

醫生絮語

這篇的重點在於描述母子之間的衝突。在父母眼中小孩永遠長不大，可是孩子卻總覺得自己早就可以獨立。青少年是個說大不大的尷尬年紀，一方面想掙脫家庭束縛，求取自主；一方面又希望在遇到挫折時，能躲在雙親的懷抱中取得安慰。遲遲不肯放手的父母並不少見，有可能引發將來對職業選擇、婚嫁對象、婚後是否搬出去住，以及何時生小孩等問題的衝突。也有些人乾脆放棄離巢的打算，甚至三十幾歲還靠五、六十歲的父母賺錢養他，終日無所事事，絲毫不覺慚愧。何時該放手讓兒女獨立，實在是個很難拿捏的決定。

我要問問我先生

「醫生啊！我肚子不舒服。」頭上纏滿頭巾，只露出一對眼睛的病人走進來。當一層層包巾打開之後，我終於確定她是位女性。

「哪個位置？是上面、中間，還是下面？」

「好像是中間吧！」她用手按了按，「不過下面也有一點。上面也……咦，好像都有呢！」

「能說說看是怎樣的不舒服嗎？」

「我也搞不清楚是怎樣的不舒服。」

「能不能約略形容一下？是悶痛、絞痛，還是脹脹的但不會痛？一直痛或是一陣陣的痛？」

「好像是……大概是……嗯……好像這些感覺都有吧！」

唉！問不出個所以然來，只好換個方式。

我請她躺在床上檢查。摸到下腹部時她哼了一聲。

「會痛嗎？」

「會。」

「這個位置以前痛不痛？」

她好像挖到寶般高興起來：「對！對！就是這裡痛。妳好厲害，一下子就摸到了。」

「痛多久了？」

「好像從上次月經前就開始痛了。」

「能不能請問一下，上次月經是哪一天來的？」聽到這句話，她猛然從床上跳起來，一言不發走出診間。看她的動作，我以為哪邊得罪她了。

一分鐘後她又走回來：「我問過了，是上個月十七號來的。」

這下換我糊塗了，不解地問她：「請問妳剛剛跑去問誰啊？妳難道不知道自己的週期？」

「我跑去問我先生啊。我又沒讀過書，哪裡會知道自己的週期是哪一天，每次都是他用本子幫我記的。」

「那妳能不能告訴我，上個月來的時候，量多不多？」

她露出愉快的表情回答：「這我知道，跟平常一樣多。」

「那麼來了幾天才乾淨？」

「嗯，麻煩您再等一下，我出去問問。」這下子又等了好久。「醫生啊，很抱歉，因為我老公那幾天跑船不在家，所以來了幾天他沒有記下來。」

「他怎麼不一起進來？」

「他說生病的人是我，他又沒生病，不好意思進來，所以在外面等。」

天啦！我……「那妳今天早上吃過飯了嗎？」

「我不知道，我出去問一下……不對，醫生妳是問早餐嗎？早餐我記得，今天吃過了。」

量血壓

這位病人的高血壓已經發現許多年了，每次病歷記載都超過一六〇，但他自己始終不肯承認，所以一直不願意接受治療。有天他來看五十肩，終於讓我遇到了，於是催他一定要先量完血壓才准看病。

「醫生，我量好了。」

「多少？」

「一八六／一〇四。」

「血壓太高了，你一定要吃藥控制。」

「我不要吃藥，吃了會養成習慣。」

「你都已經是高血壓了，哪有什麼習慣不習慣的？肚子餓了就要吃飯，口渴了就要喝水，這是種正常的『習慣』，其實就是身體的正常需求。你因為體內缺乏一些東西，無法控制心臟血管，血壓才會升高，吃藥來補充缺乏的東西有何不對？再不控制，小心變成腦出血。」

「可是一八六並不高啊，我剛剛是太緊張了。」

「那你再量一次看看。」

「好。」

沒多久他又回來了：「一六○／九八。」

「還是太高。」

「那我再去量一次看看。」說完沒等我反應過來，轉身就出去了。

這下子左等右等，病人都看完四、五位，他還不見蹤影。原本以為他跑去找其他不囉嗦的醫生看病，沒想到一個小時後他還是出現了。

「一五四／九○。」

「真的嗎？」

「真的，我在前頭量的，這是小姐抄給我的結果。」

看看字跡，的確是服務台的小姐寫的，這回只好放過他。也許他有「白衣恐懼症」，看到醫生血壓就開始升高呢。

接下來幾次，他的血壓量起來都在正常邊緣，所以我也沒逼他吃藥，只是盯著他少吃點鹽，多注意自己的狀況。

又過了三個月，他來門診看腳疼，這次沒告訴我血壓多高。

「先量完血壓再看病。」

「我今天不想量。」

「為什麼？」

「今天量起來一定偏高。」

「怎麼會，今天比較緊張嗎？」

「不是啦，量起來比較低的那台血壓計說什麼不準確，上週送修了，剩下這幾台我量了都會偏高，所以我今天不想量。」

「量起來比較低……你是說，有一台血壓計量起來數值特別低？」

「對啊，那天我在醫院試了七、八台，終於找到一台量起來比較適合我的，不會讓我的血壓升高，所以我每次都量這台。可是……」

「那你用別台量都多少？」

「每次都超過一七〇／一〇〇。」

「這麼高，你還不肯承認你有高血壓！」

「我想，既然能量到正常，就再等等看吧。我最近都吃得比較不鹹，煙也少抽了，或許過一段時間血壓會正常起來。」

「你有運動嗎？」

「沒有。」

「好吧，少鹽，禁煙，多運動，也許血壓真的有機會下降。不過要小心，降低之前中風的機會還是很高，請你掛內科讓醫師評估，該不該先吃些輕的降血壓藥，以後再減量。」

「我等一下就去。」

消失了半年之後，他才再度出現。翻翻病歷，已經吃了兩個月的降血壓藥了。

「怎麼決定開始吃藥了？是哪位內科醫師說服你的？」

「兩個多月前工作太累，煙抽得比較兇，有天半夜頭暈暈的，不久開始嘔吐，右手逐漸無力。緊急送去診所打針，才發現血壓大於二二〇，嚇得我從此乖乖吃藥，萬一真的變成半身不遂就慘了。」

「你不是前一陣子量起來都還正常的嗎？」

「嗯……這……其實還是高啦。自從那台血壓計修好回來之後，量起來都很高，所以我就不敢找妳看病，怕妳又要逼我吃藥。我改去附近的診所看病，他們問起來的話，我就說有在治療。反正不量就不覺得高了。」

「你現在還這麼想嗎？」

「不敢了！從那天晚上我就想通了。身體是自己的，還是老實一點吧！」

驗傷

「我那個死鬼真不像話，在外面找女人已經很不應該了，大白天的還帶她去吃餐館，讓鄰居看笑話，跟他講理居然還打我。這口氣哪吞得下，我要驗傷，要告他們。醫生妳說我這樣告不告得贏？小孩能不能歸我？還有，我要那個女的好看，要關她十年。醫生啊，幫我出個主意該怎麼告才會贏。」

講話的是位中年婦女，標準的「黃臉婆」。倒不是說她長得不怎麼樣，還是穿著不對，而是滿臉的瘀青消退得差不多了，已經由青轉紫轉成褐黃色，從沒打粉底的臉上顯露出來。

「驗傷是我分內的事，開證明也沒有問題，可是該不該告、告不告得贏、小孩歸誰，那些是法官與律師的專業，就恕我不幫妳出主意了。」

「可是我什麼都不懂。」她十分緊張。

「等傷單寫好，妳找門口那位護士填寫家暴單，她可以幫忙聯絡婦女會或社會局，那邊有人幫忙，他們專門處理這方面的事情，妳可以和他們討論後續問題。」

「還有人幫忙喔！」

「現在政府比較重視這種問題，如果妳不識字也沒關係，有人幫妳填單。」

「謝謝。」

「下一位。」

「偶……偶要驗傷。」

怪怪，不知道是不是氣候在變，還是滿月，今天已經連續第三位想驗傷了。

「衣服解開讓我看看。」看她手腳完好，活動自如，猜測傷痕應該在衣物蓋住的地方。

天哪，慘不忍睹，整個背部青一條紫一條的，還攙雜著點狀出血。

「很痛嗎？」

「不會，很舒服。」

很舒服？她可沒被打成腦震盪，怎麼說出這種顛三倒四的話。

「真的很舒服？」

「對啊，本來喘都喘不過氣來，刮了之後輕鬆多了。」

喔——刮痧！難怪。

「我就是氣到胸悶血鬱，頭暈手麻，差點斷腦筋，鄰居阿蘭看到了趕緊請師父來，還好師父沒出門。」

「那麼到底傷在哪裡？」

她開始穿衣服，伸出左手：「就在這裡。」纖纖玉手上有幾道刮痕。

「這個？」我指著最長的傷口。

「不對，那是殺魚不小心劃到的。」

「這個？」

「也不對，這些也是殺魚碰到的。傷口在這裡。」她比著不到半公分的淺淺劃痕，「這才是他弄的，好像是手上的錶帶刮到的。」

「其他的都不是？」

「其他的都不是。這種事有就是有，沒有就是沒有，做人要老實，不能隨便誣賴人的。」

我低頭做記錄。

她忽然想到什麼似的連忙補充：「先生啊，這樣的傷能不能告？不夠的話我再去找他，讓他多打兩下，就可以寫了。」

「幫幫忙，寧可告不成，萬一傷到重要器官不是更不划算，我可不想半夜三更跑到急診室救妳。」

「對喔，妳真貼心。阿香原本叫我這幾天跟他多講幾次道理，他一生氣就會動手，然後三天兩頭跑來開傷單，據說積了十幾張就能辦離婚了。還好我沒這麼做，不然真被打成重傷就划不來了，不是嗎。」

當第五位要求驗傷的病人開口時，我很確定這種反常現象一定跟太平洋剛形成的颱風有關。

「醫生啊，我的傷很嚴重，那天差點就掛了，這次一定不放他甘休，妳給我開個重傷害單。」

「讓我看看。」肩頭一小塊瘀青，膝蓋兩處小擦傷，左腕的刀痕比較深，但似乎沒傷到神經或肌腱，其他就看不出來了。「這些都是輕傷……」

「輕傷?!不行，我一定要告他重傷害……不，要告他殺人罪，妳給我寫嚴重一點。」她的語氣很激動。

「不行啊，有什麼傷就寫什麼傷，不能作假的。」

「妳怎麼可以與他一個鼻孔出氣！妳不知道這臭男人怎樣欺負我，不寫嚴重一點，沒有辦法辦離婚。」

「妳被打，我也很想幫妳，可是法律規定不能作假，不照實寫就犯了法，要抓去關的。」

她忽然把聲音放低：「我不會說出去的，妳放心。」

「小姐講話請小心一點，妳這樣要求我造假，連妳自己都已觸犯法律，不要一時情急做出違法的事。」

她低頭想了想：「那妳幫我轉給其他醫生開。」

「所有的醫生都一樣，至少我認識的都不可能違法。」

「那我不是白白被他打？我真不甘心啊，早知道割腕就割深一點，當場死給那臭男人看……」

「手腕的傷口是妳自己割的？」

「不然妳以為是誰割的！我拿刀子割，他還在一旁說風涼話，氣得我心臟病發作送急診。對了，心臟病夠嚴重了吧？妳就在傷單上頭寫心臟病發作，我去告告看。」

我翻了翻昨天的急診記錄——竇性心跳過快，可能是情緒失控引起，檢查後沒發現其他病態，只給點安慰劑，並請她看身心內科門診。不過她現在情緒很激動，如果告訴她那次不是心臟病發作，恐怕無法接受，只得換一種說法講看看。

「心臟病不算傷，不能寫在驗傷單中，只有流血、瘀青、裂傷、骨折這類的才算。」

「那就寫我血流不止休克吧。」

「妳到急診時量的血壓正常，沒有休克，況且這樣的傷也不會流很多血……」

「那就說筋斷掉變成殘廢，再不然切到神經……」

「小姐，手腕是妳自己割的，不能賴到他頭上。」

「那也是他惹我生氣才割的，都是他害我的不是嗎？要不然這樣好了，妳寫我骨頭斷掉，還是脫臼，還是內出血……對了，內出血不是很難診斷，妳寫內出血別人也查不出來，再不然……」

她看我沒表情，聲音越來越小，最後嘟著嘴唸著：「難道我就活該白白被打？」眼淚卻不爭氣滴落下來。

我握住她的手，靜靜等待。

哭完後，情緒也平穩多了。擦乾淚水，她謝謝我：「不好意思，在這裡哭成這樣，讓大家看笑話。我回去再想想好了。其實他也不是那麼壞，結婚這麼多年從沒發過脾氣，這還是第一次動手打人，可能我那天也太……算了，傷單不開了，我走了。」

天氣還是那麼炎熱，那個不到七百公里遠的旋轉魔鬼，似乎只帶來火氣，連點風都沒有。颱風啊颱風，何時才會引進涼意？希望等明天飄起雨來，大家火氣就降低了。

又看了十幾號，肚子咕嚕咕嚕叫，中餐時間到了。

最後一號喊了好久，男人才猶豫地走進來，透過壓得低低的帽簷與超大的口罩，只看見一對緊張的眼神。

「怎麼樣？」

「我……我……我只不過推她肩膀一下，她就發狂似的又抓又踢，把我祖宗八代都罵遍了，鬧到最後還想拿刀自殺。我是招誰惹誰，娶到這隻母老虎，平日嫌我經常出差，整天加班，工作比別人多，薪水比別人少，也就認了，這次罵我做人失敗，一輩子不可能有出息，不是男人。我無法再忍氣吞聲，也不過推那麼一下，就鬧自殺，拿刀猛砍手腕不說，還躺在地上騙說喘不過氣，大喊心臟病發作，找一一九抬進急診室。她還昭告左鄰右舍要我死得很難看，一早就甩門而出，說要找醫生開重傷害證明，要上法院，要……」

他拿掉帽子和口罩，滿臉的抓痕，顫抖的雙唇欲言又止，瘀青的眼眶，充滿血絲的雙眼，一顆淚珠卻不爭氣地從臉頰滾落下來。

嫁雞隨雞

走廊上孩童們追逐嬉鬧的聲音不絕於耳，我拉直了耳朵想聽看看有沒有打破什麼東西，幸好一切平安。

不久大孩子的聲音插了進來，好像要講什麼故事，四個小屁股乒乓砰砰坐在椅子上，然後只剩下一片喃喃低語。那位大孩子是我們醫院的義工，特地請他來跟四個小朋友玩，好讓母親可以專心看病。

「妳的小孩還滿好騙的。」我跟躺在床上的病人講，眼睛仍盯著超音波螢幕。

「只要有人跟他們玩，誰都可以帶得動他們。」

「有沒有考慮把小孩寄放在家裡，自己出來看病？雖然孩子不怎麼吵，帶來醫院這種病菌多的地方總是不太好。」

「我先生每天上大夜班很累，白天才能睡覺，怕小孩吵到他。」她微笑著繼續講，「公公要我把小孩留在家裡，他可以幫忙照顧，可是畢竟年紀大了，身子骨不太硬朗，我怕他太勞累，也不敢麻煩他。」

「妳先生那邊對妳很好喔！」

「對啊，嫁到他們家是我前世修來的福氣。」

「檢查沒問題，一年回診一次，那就明年見了。」

「明年見。」

看著病人離去，不覺想起另一位病人，也是四個小孩的媽，看病時把小孩全都帶來醫院，不過兩人的境遇可是天壤有別。那位病人得乳癌時才三十二歲，結婚七、八年，前三胎都是女的，去年才剛產下一名男嬰，看診時小孩還沒滿週歲。

「如果再生不出男生，我老公就要跟我辦離婚，趁年輕再娶一個，他們家要靠他延續香火。」她這麼告訴我，滿臉的無奈。

那次就診是因為她覺得奶退得不乾淨，有一處老是腫腫的，按摩推拿都無效，想拿退奶藥吃看看，才發現除了乳汁蓄積之外還長了東西。

「要做細胞學檢查，超音波看起來有點問題。」我這麼告訴她，「檢查很簡單，就跟打針抽血一樣，只不過是扎在長瘤子的地方，抽點細胞看看是好東西還是壞東西。」

她只是默默落淚，任由四歲的小女兒抓著她的手，吵著要抱抱。

回診時那四名小孩還是跟著她，最大那位把吃了一半的糖果從嘴巴拿出來，塞給老二，止住了她的號哭。我請義工接過她手上抱著的小男孩，將這幾個小蘿蔔頭帶去走廊玩耍，順便把裝著尿片與奶粉的袋子也拎出去。

「怎麼樣？」

「結果不好，是惡性的，要開刀。」

她的眼淚滴落下來，許久不語。

「不開刀行嗎？」

「妳的乳癌還很早期，如果積極治療，有八成的治癒率。」她長的腫瘤還不到兩公分，淋巴腺也看不到，很可能才第一期，我希望她不要放棄希望。

「我幫妳辦轉診。大型醫院除了開刀之外，還有整套的化療跟電療，斷根機會比較高。而且對這種早期病變，也可以只切除一部分乳房，將來不怎麼影響外觀。」

她點點頭沒講話。

「是經濟因素嗎？」

她沒回答。

「是小孩的關係嗎？遇到這種事也是沒辦法的。現在開刀一個禮拜就出院了，小孩請親戚照顧一下，術後換藥到我門診，不必每次都跑台灣。應該可以吧！」

她還是沒回答，臉色很難看。

「還好發現得早，治癒率有八成咧！一定要開刀喔，不要拿自己的生命開玩笑。」

她接下轉診單，低頭離開。

下次回診時先生還是沒出現，跟來的是她母親與排行第三的小女兒。

「我被罵得好慘。」她停頓半晌又說，「婆婆罵我是隻病貓，生了三個拖油瓶，現在又得到這種骯髒病，一定是前世造的孽。小叔說家裡沒錢，要我自己想辦法。」

「那妳先生呢？」

「他！第一天聽到我想去醫院看病就氣得不得了，說我有錢沒處花，婦女病這種小事，不會買塊膏藥自己貼貼，」她一臉欲哭無淚的表情，想了想，決定把心事講出來。「我好不容易跟他討到車錢，臨出門婆婆又叫我把小孩都帶走，說她下午要休息，不希望被吵到。我回去都不敢跟他們講抽細胞的事。

「看報告那天（第二次），本來已經跟老公講好，叫他不要出海，在家帶小孩，可是他臨時又變卦，說難得放假，朋友找他喝酒聊天，不肯幫忙了。我求他帶走兩個比較大的，他卻罵我說，誰叫我要跑到大醫院看病，害他又要花車錢又要顧小孩，連不出海工作都無法輕鬆休息。」

她擦了擦眼淚繼續講：「他說生病是我自己的事情，看醫生不是藉口，不要把責任都推到他身上。還叫我看完醫生後，早點回家煮飯，不要像上次那樣，拖到六點多才回到家，讓大家餓肚子空等。」

「那妳現在怎麼辦？」

她母親接口了：「她婆家那邊不准她去台灣，說去了小孩沒人照顧，家裡也無人照料。她婆婆也不讓她把孩子交給我帶，或帶去台灣請姐姐照顧，說那男孩是命根子，帶走的話萬一出事無法跟祖宗交代。她小叔還說這種病反正也治不好，要花那麼多錢還不如換一個能生的。早知道他家這麼鴨霸，當初就不該答應這門婚事。」

「妳先生也這麼絕情嗎？」我看病人的心情比較平靜了，才敢問她。

「這次還好，我等他打完漁回家才跟他講，那時候都快半夜了，家裡的人已經睡著。聽說是癌症之後，才知道我真的病了。雖然不大高興，倒也不再挑剔，只是擔心存款不夠支付醫藥費。畢竟家裡有好幾張嘴要養，小叔也找不到工作，如果老公陪我去台灣，十來天不出海沒收入，恐怕經濟會出問題。」

「那妳打算怎麼辦？報告出來已經一個多禮拜，不要再拖了。」

「走一步算一步，」她母親替她回答，「三個女孩我一起帶去台灣，交給大女兒照顧，我專心顧她開刀。那個男的既然是命根子，就由他們自行照管，反正已經斷奶了，了不起半夜哭鬧找媽媽。把病治好比較重要。這次來是想請教某某醫生的風評好不好……」

又過了一個月才看到她，已經開完刀了，這次是先生陪她來的。

「小孩呢？」太安靜了反而不太習慣。

「她媽媽顧著。我們搬出來了。」

「啊？」

「一開始我也沒想到那麼嚴重，」她先生看了老婆一眼，「以為只是退奶的問題，找附近小診所看看就好了，何必跑大醫院。後來才知道很嚴重。」他老婆瞪他一眼。

「沒想到家裡對她很不諒解，弟弟要我乾脆離了再娶。我雖然沒讀什麼書，總還知道些道理。那天跟弟弟大吵一架，媽媽雖然不明講，卻不贊成她去開刀，認為草藥敷敷就好了。其實還有很多事啦，在氣頭上就通通抖出來吵，到後來連我也挨罵。最後火大了，乾脆搬出來自己住。平常只聽到弟妹編派她的不是，說她懶惰不做家事，小孩沒帶好整天吵鬧，媽媽也常唸她愛偷懶，三餐不好好煮，沒想到出海時她在家受了那麼多委屈。那些閒言閒語她都沒告訴我。」

「好了，不要再講了，」老婆拉拉先生的袖子，「人家醫生很忙的，沒空聽你說這些。」

「沒關係，知道事情解決了，我也很高興。開刀的結果如何？」

「醫生說是第一期的，淋巴腺沒有，」先生掏出一份轉診報告，「細胞形態也不怎麼壞，所以不必做化療，只要定期吃藥就可以了。她能在這裡拿藥嗎？」

「可以，這種藥要連續吃五年喔！」

看著他們拿藥單離去，心中感慨萬分。雖然古語說，嫁雞隨雞、嫁狗隨狗，但是如果嫁入虎穴，跌落火坑呢？還好有先生挺她，沒耽誤到治療。如果像我另一位病人那樣，連先生都不支持，日子可真難過了。

是誰的錯

所謂篩檢，就是從毫無症狀的民眾當中找出可能的罹病者，並轉介給專家進一步確診。由於受檢對象沒有任何症狀，所以找到的病灶多半很小，治療成功率也相當高。不過看似健康的人一旦發現得到癌症，心理衝擊也很大，因此不少人抱持著鴕鳥心態逃避篩檢，甚至知道有問題後拒絕進一步檢查。

雖然得到癌症並不是值得恭賀的事情，但跟摸得到的中晚期病灶比起來，先一步發現總是好事。尤其對於癌前期病變，治癒率等於百分之百，簡直是每找到一個就拯救一條性命，因此也是篩檢醫生全心期望的好結果。

楊小姐就是這麼一位幸運兒。最初聽到篩檢有異狀時，就跟其他人一樣，完全無法接受，連連說她沒事，不需要進一步檢查，經義工勸說之後才勉強同意。報告回來肯定了心中的疑慮，她也不得不面對事實。

「得了癌症不是就沒救了嗎？早知道就不來看病了。」

「癌症分很多期，如果是零期，也就是原位癌，治癒率超過百分之九十，而癌前期病變只要切除乾淨就能斷根。妳的病才剛發生，應該只是癌前期病變，不要太擔心。」

「但是拿掉一邊乳房……」

「癌前期或初期的不必全拿，拖太久長太大的才需要全部拿掉，如果想保留乳房，更應該早點治療。妳看那天鼓勵妳的義工大姐，」我安慰她，「她八年前開的刀，現在活蹦亂跳，還能當義工，從外觀根本看不出來生過病。人家就是及早發現，所以才恢復得那麼好。」

那位義工大姐是個活榜樣，看到許多忌諱求醫的朋友因為拖太晚而回天乏術，深知早期治療的益處，因此同意我們利用她的經驗開導病人，希望能藉此拯救病友的性命。

「她開過刀喔！可是她根本看不出來有病。」楊小姐看起來比較輕鬆了。我也趁這個機會把幾種開刀的方式告訴她。

聽完分析之後，微笑展露在她臉上。「妳剛剛說，有百分之九十九以上的治癒率？」

「沒錯，只要這顆瘤子還在原地踏步，也沒有淋巴轉移，治癒率就有那麼高。如果癌細胞已經跑到其他地方，要追著它跑就不是那麼簡單了。所以我建議不要拖。」

「百分之九十九？」

「可能還更高喔！」

她決定接受治療。檢查後確定只是癌前期病變，切除部分乳房就夠了，連化療或放射線治療都不必做。治療過程一切順利，可是她的臉色卻越來越陰沉。

「身體有什麼不舒服嗎？」

「不是。」

「對傷口不太滿意？」

「也不是。」

「還是疤痕會癢的問題？拿條藥膏擦擦就會改善了。」

「跟這些都沒關係。是我先生啦。」

「他有什麼問題？妳撿回一命，他應該感到高興才對。」

「我不知道該怎麼說，從一開始他就怪我跑去篩檢，才會沒病看出病來。後來我告訴他需要切片，可能是癌症，他就發飆了。他說都是我的錯，亂跑醫院才會得到癌症。還說他同事的姐姐一顆瘤子長了四、五年都沒事，就是因為切片才變成癌症的，開完刀活不到兩年就死了。如果我去切片，下場也會跟她一樣。」

「癌症不會因為切片或檢查才冒出來，那是患者本身已經長了壞東西，湊巧讓醫生檢查出來的。如果拖太晚，當然存活率偏低，那位病患可能也是太晚診斷出來，才拖不過兩年。所以我當初就叫妳不要耽擱，趕快就醫。」

「妳說的我都懂，可是我先生成見很深，是很難溝通的人，我跟他講不通啦。」

「身體是妳的，不管他怎麼想，妳還是可以自己下決定。」

「唉……」

接下來每三個月追蹤一次，前兩次檢查都正常，第三次她爽約了，又拖了一年多才回診。

「怎麼這麼久才來？」

「我先生不准。」

「妳先生？」

「對。他一直阻止我到醫院，認為再看下去早晚又會生病，所以我都不敢來。這次是騙他說要幫女兒買雙鞋子，才溜出來的。」

「他讀過書嗎？」

「豈止讀過，還大學畢業咧，不過書都不知道讀到哪裡去了，一直認為我得癌症是自找的，氣得我要吐血。他從來都不上醫院，也不准我去。」

接下來幾年她只能斷斷續續追蹤，每次見面都搖搖頭。看到她為了自己的健康，必須像做賊一樣偷偷摸摸，很不忍心。不過有一天僵局終於化解了。

「他想通了。」她一進門就高興地宣布。

「是誰說動他的？」我很佩服那位說客，想偷學他的功夫。

「也不是誰啦，有一天他在家裡頭暈昏倒，送往醫院後才發現血壓和血糖偏高，連心臟都有問題。醫生告訴他，那些病症已經好多年了，就是因為不肯檢查，才無法提早診斷治療，因此導致這次的小中風。如果再不好好控制追蹤，下次恐怕來不及抬進急診室就掛了，或者一輩子癱瘓躺在床上。住院期間與其他病患跟家屬聊天之後，他才終於相信不接受檢查也有可能生病。幸好這次恢復得不錯，他現在看病比我還積極，今天就是他催我過來複診的。」

看她展現出難得一見的笑容，真高興事情終能雨過天晴。雖然是用健康換來的，不過能讓先生接納正確的醫療觀念，好好照顧身體，這場中風也很值得了。

鶼鰈情深

這是一對七十幾歲的老夫妻。妻子因多處關節炎，常年跑醫院，也開過幾次刀，仍未能完全恢復；而先生身子骨還算健朗。不幸某日，一時失足，老先生跌斷了腿。開刀後為了避免臥床過久引起併發症，我們都會指導病患早日下床活動。經過數天觀察，這對夫妻身邊總是沒有親友幫忙照顧。

當老先生需要活動或移動雙腿時，總是靠自己的力量。我曾勸病人讓他太太幫忙，以免動作不當再度受傷。病人卻含情脈脈地望著老妻說：「她身體比我還差，走都走不動了，怎麼好讓她幫忙呢？」

問起兒女們，原來都出外多年定居台灣，為了怕他們擔心，還要特地請假回來，於是一概不予通知。

就這樣，老夫老妻相互扶持之下，靠著堅強的毅力，老先生一步步恢復行動能力，恢復的速度還不輸年輕人！

術後一週幫他安排復健。

復健時間一到，竟然只見到老妻一人獨自坐在病房打盹，而老先生已經下樓治療了。

隔天追問，老婦說，因為她雙膝關節炎不良於行，要她走下樓簡直是大折磨，而且脊椎退化雙腳無力，想扶她先生一把也沒辦法，為了不礙事只好等在病房。我也曾建議她去掛個門診，安排兩人一起復健。奈何她不識字又重聽，一個人實在無法掛號看病。

快滿兩週時，我幫他拆線。

老先生拚命叮嚀：「醫生妳要看仔細，一定要可以了再拆，不要勉強。如果傷口還沒長好，拆了怕會裂開。不行的話，我們再多等幾天也沒有關係，我們不趕時間。我怕妳沒經驗，不知道硬拆，所以提醒妳……」此語一出，氣氛霎時尷尬起來。

安靜了幾秒鐘後，老先生笑了起來：「歹勢啦！我忘了妳也當了十幾年的醫生，經驗比我還豐富。我不是故意的，請不要介意。」

大家笑了出來，一場誤會就此化解。只有老太太耳背聽不清楚我們在說什麼，也跟著傻傻地笑著。

經書

同事休假去了，臨走前丟了一個病人給我。

「她正在做復健，所以妳不必怎麼管她，只要照著先前的治療去做，每天前去打聲招呼，看看她還在不在就好了。以後這病人就算妳的了。」

老婦人真的很乖，每次問她，都說：「很好，沒事，有進步。」半個多月過去，應該要出院了，可是跟她提了幾次都沒有反應。

一天下午，閒著沒事，經過病房，看她正在讀經。

在陰暗的光線下，她低著頭一字一句唸著，經書的前幾頁早已殘破脫落，所以她用右手扶著書頁，左手手指比著句子一行行移動。

我替她開了燈：「阿婆，妳怎麼不開燈？眼睛會壞的！」

「不必了，這裡的光線還夠，比我住的地方好太多了。」

「妳住哪裡？」我好奇地問。

「我本來有房子住，可是現在住在豬舍。」

她看到我驚愕的表情，繼續解釋：「我膝下無子，從小就收養了一個男孩。他在台灣找到工作後就搬走了。前年回來說，做生意失敗，要向我借錢，我就把存款都領給他了，沒想到他走後不久，有位先生上門叫我搬家。他說我兒子已經把屋子賣給他了，直到那時候我才發現，兒子把我的房地契、存簿與印章全偷走了。我請管區警察幫我查，可是兒子搬家了，都找不到。房子沒了，鄰居看我可憐，把舊豬舍借我住。那邊沒有接電，讀經要到外面靠著陽光，所以這樣子的燈光對我真的很夠了。」

「那妳吃飯怎麼辦？」

「村幹事看我可憐，想幫我申請補助，卻被政府打回票。因為我還有領養的兒子，不能算無親無故，所以不能申請。

「幹事告訴我，想要申請補助，就要先控告兒子遺棄，等判決下來他輸了，證實他未盡責撫養我，政府才能幫助我。可是這樣一弄，兒子會被判刑的，我不願意，所以就沒辦法請錢了。現在我幫人打掃洗衣服，每月賺個三、四千元，加上廟裡送我吃的白米，勉強夠用。還好鄰居看我可憐，沒收我房租金，還讓我用他們的井水洗東西。

「你們這邊的伙食真好吃，好久沒吃這麼飽了，只可惜假牙壞了沒錢修理，有些菜餚咬不動，沒吃完的就收走倒掉了，真可惜。」

我忽然想到，平日吃醫院的伙食，經常嫌東嫌西的，可是阿婆歷經風霜的臉龐，充滿了知足常樂的表情，一點都不怨天尤人。換做是我，恐怕只會怨聲載道，抱怨不完。

「等我一下，」我將她的經書拿起來，「妳不要急，書借我用幾分鐘。」

「醫生，原來妳也愛讀佛經喔！借妳沒關係，讀完再還我。」

我到護理站問：「請問有沒有膠帶？」

護士們大眼瞪小眼回答：「沒有，早就用完了，申請了半天都還沒發下來。」

我靈機一轉，拿起黏傷口用的３Ｍ紙膠，幫她把散落的書頁黏合起來。

「阿婆，書本還妳，不過這種膠帶比較不耐用。」

她臉上洋溢著笑容。「真謝謝妳，這麼費工，現在書本比較好翻閱了。這本經書是廟旁那位太太買來送我的，她看我以前那本字太小，又用了十多年，所以買這本讓我讀。可是我一天讀它好幾回，翻久就破了，又不會修補。」說著她提高了聲音：「醫生，妳也等一下……」

翻翻少得可憐的行李，阿婆找出了一包用數層紙張包裹住的罐子。「一點小小心意，請妳一定要收下。」

「這……」

「不許推辭，這是人家送我的人蔘，讓我一天含一片補身體的。」

「可是妳自己要用……」

「沒關係，我家中還有。」

「阿婆，這東西很貴的……」

「妳幫我把書本修裡好了，讓我能繼續使用，我很感激，妳若不收下就是看不起我。」

這下子不收也不行了！我突然腦筋一轉：「阿婆，東西不應該浪費的，妳說對嗎？」

看阿婆點頭，我乘勝追擊：「這麼一大罐，我吃也吃不完，放久了又會壞，豈不浪費！經書上不是叫大家不要浪費的嗎？」

「對啊，沒錯。」

「我拿一張紙，把人蔘片包一些走，夠吃就好，剩下的妳留著慢慢吃如何？」

不等她反對，我馬上撕下一張病歷紙，把罐中的人蔘倒出一小半包起來。「好了，這些我收下來，那些（指著還剩了大半罐的人蔘）留給妳。」

「也好，也好。」她趁我不注意，把眼前的罐子塞進我的口袋中，搶回紙包的人蔘。「罐裝的給妳。」

我再想推辭已來不及了。「罐子裡的太多了……」

「不會多，妳若再不接受，可別怪我生氣。」

看看手中的人蔘，足足抵她一個多月的生活費……這真是比黃金還珍貴的禮物。

不平凡的愛

第一次看到她，是在值班的傍晚，幫漏針的先生打針。

在夕陽照不到的陰影中，她坐在床邊，扶著軟弱的先生。病人坐在床上，微笑的臉上，一雙炯炯有神的眼睛正盯著在床鋪上玩耍的兩位小孩。小孩才三、四歲，天真無邪地笑著、鬧著，快樂嬉耍著。

好不容易花了二十多分鐘，在扎了他三針之後才將點滴打上。他的太太連聲稱謝，絲毫沒有不耐煩或怪罪之意。

臨走前我特地提醒她，因為怕感染，按照規定小孩子不宜帶到醫院，更不能在病床上玩，被發現了連護士都要挨罵的。她靜靜點了個頭，無奈地同意了。

過了半個多月換到內科實習，他竟然又從門診住到我負責的床位上。原來上次住了幾天就出院了，可是回家後不久開始吃不下飯，而且一直吐，連大小便都不能控制，只好再回來住院。

藉著幾次打針的奮鬥時刻，斷斷續續聽著她訴說命運的苦痛。

他倆結婚才剛滿五年。男方是孤兒（獨子），與老母相依為命。靠著兩人努力工作，從一無所有到能存錢買房子，貸款都付了一半，還生養一對乖巧可愛的小兄妹。眼看苦日子就要熬過了，他卻在結婚記念日後兩週病倒了。

起初的症狀是突然發現左半邊視野看不見東西，幾分鐘就恢復正常。一週內「偏盲」反覆發作三、四次之後，竟然抽筋倒在浴室地板，被緊急送醫。

第一次先送到小診所，打了針馬上就醒過來。為了省錢繳房貸，當時並未依照醫師囑咐立刻到大醫院檢查。隔兩天第二次抽筋就醒不過來了，勉強送到急診室才保住性命，只是半邊身子從此癱瘓。

腦斷層的結果宣布了惡耗：他的腦幹長了一顆不小的腦瘤，所以引起失明、癱瘓等症狀。藥物只能讓腦部暫時消腫，減輕症狀，對瘤子無效，能活多久就要看瘤子生長的速度。倘若肯冒險開刀，最樂觀也有半身不遂加視力異常的後遺症，況且術後能不能醒過來還是個未知數。因為變成植物人的機率太高了，他們放棄手術。現在整天吃不下經常嘔吐，只好靠打點滴來補充營養與水分。

在病情長期折磨之下，他又特別容易漏針，幾乎讓我每天耗費半個小時以上東扎西打，試圖在青紫一片的瘦弱肢體上尋找細如髮絲的血管。當病人疼痛喊叫時，她就溫柔地抓著他，輕拍著安慰他說：「志詳，就快好了，你再忍一忍，不要動。醫生是為你好，要多忍耐喔！」這時候病人的嘴角會浮現一抹難得的微笑，奮力說出「好的」兩字，而他的掙扎也就放鬆了。

與其他家屬不同的是，不論我打了他多少針，她從不會口出惡言。有幾次我在嘗試四、五針失敗之後，抱歉地對她說：「真的打不上了！」

她還會安慰我：「沒關係，不必說抱歉，我知道妳已經盡力了。等一下有空再過來打針吧！」然後對我點頭稱謝。

一天天過去，病人日益萎靡，漸漸坐不住了，整天只是躺在床上，無神地盯著天花板，對太太的談話只剩下「是、否、好、不」等單字。小孩子也不再能爬上床去玩耍了。

有時候太太去做工賺錢不在，換成六、七十歲的老母親守著病患。床邊少了小孩的聲音，竟顯得空蕩起來。

過了十天，照了張追蹤的電腦斷層攝影，主治醫生宣布壞消息：腦幹的腫瘤又長大了，預估只剩兩、三個月壽命。若要放手一搏開刀試試，或許仍有機會將瘤切除，保住或延長壽命，但是最可能的結果還是死在手術台上，或者一輩子醒不過來變成植物人。而且醫生也沒把握開這個刀。

經過商討之後他們決定出院，將生命交託神明。

走過舊病床，看到新病人來去更迭，不久就把他給忘了。

沒想到月底在走廊上又看到熟悉的身影一閃而過。她正拎著便當往外科走去。我跟去一看，他的頭包著敷料，雙眼浮腫發青，躺在床上昏睡著，只能動動手指向太太打招呼。

跟她聊了幾句，原來上次帶回家才三天就嘔吐不止，全身癱瘓，陷入昏迷。眼看生命即將消失，她把心一橫，決定冒死開刀。手術中就發現瘤子太大，惡性度極高，無法切除乾淨。為了減輕腦幹壓力以保住性命，醫師硬生生將瘤子與部分神經切除。雖然犧牲了大半的肢體控制能力，他卻奇蹟似地清醒過來，終於又爭取到了幾個月的生命。

她的淚珠如雨點般落下。當初先生病倒之後，因為請假過久丟了工作，所以就喪失勞保資格，醫藥費頓時成為負擔。她為了照顧先生，不能做長工，也只好辭職改打零工。最初住院還有積蓄撐著，此次為了開刀籌不到款，忍痛把繳了過半貸款的房子賤價出售，還另外欠了幾十萬元債務。家沒了，小孩子無家可住，只能送到鄉下遠親那邊寄居，老母就拜託自己的姐妹幫忙奉養了。現在知道復原無望，只求能陪他度過最後那幾個月，讓他不再痛苦。說到以後的生活，她已泣不成聲了。

她以無限愛意的眼神看著她先生說：「我知道他現在很痛苦，又無法表達。其實我很捨不得他走，但是這樣下去，整個家都拖垮了。要是他那天開刀醒不過來或是就這樣去了……其實我不想詛咒他死，我也很捨不得，但是想到兩個小孩的未來……」

我不知道當時是如何離開的。

下個月我換到外科。同事知道我曾照顧過他們，特地把他撥歸我負責。

在他比較清醒的時候，她會對他訴說著從前種種，而他以模糊的聲音回應著，並試圖舉起近乎癱瘓的手去撫摸她的臉頰。可是大多數的時光，他都在昏睡，而她低頭趕著做家庭代工，設法賺些蠅頭小利。

有一天病房中傳出歡笑聲——久違的小兄妹來了。她一見到我就高興地說：「我用做手工的錢買了車票，請人送兩兄妹搭車到醫院來看爸爸。」

病人那天口齒分外清晰，跟著兩兄妹哼著童謠，以單手拍打著大腿，喜悅地笑著。過了五、六天，他突然併發肺炎，病情轉急，又是插管又是抽痰，還整天高燒不退。在想法子維繫生命的奮鬥中，她告訴我一件秘密：

「發病之初，我們就討論過病情了——我們無力負擔醫藥費。當時他要求，假若哪一天沒希望了，請她早點放棄治療，讓他快點走，才不會因為經濟因素而拖累了大家。上次出院後，他就堅持不肯再花錢治這個醫不好的病，甚至想到要自殺，可是手已經沒有力量拿刀子了。」

「他不是不想活，」她以平靜的口吻繼續說：「只是事實擺在眼前。現在他的母親託給我的姐妹照顧，她們的婆家會說話的。小孩也要吃飯穿衣，我若是為了救他而病倒了，這個家庭豈不就毀了？既然命運早已經知曉，就不必強求了。原本上次就打算放棄不要救他，可是這叫我怎麼說呢……畢竟夫妻一場……」

她突然激動地抓住我：「能不能這次就不要救了？他還要受苦多久……」

我靜默無語。

是命運作弄人還是時辰未到？他的肺炎在拚鬥十幾天之後又好轉了。

有位朋友幫他申請了研究的名義，雖然要多做些無關的檢查，多抽點血，但卻能減免不少醫藥開銷。經濟壓力減輕之後，她又恢復了開朗。

可是當我倆靜靜地看著已不再恢復清醒的病人時，她會悠悠地詢問我：「還要多久？」

而我只能回答：「一切但憑天意了。」

「我這樣盼著他走，妳不會認為我的心地太狠？」

「不會，我知道妳的苦楚。」

日月流轉，我不久又調到其他科室去了。

過了快一年，想說她已經解脫了，沒想到卻在一個春暖花開的日子，看到她推著綁坐在輪椅上的先生在戶外散步。

他雙眼無神地望著前方，口水不聽使喚滴落，鼻子插的鼻胃管及身邊垂吊著的尿袋，說明著不可逆的結果。

「他的腦瘤不知怎麼的不再長大了，所以又多拖了幾個月。」她主動告訴我。「鄉下的親戚膝下無子，想領養這對小兄妹，可是我不肯！畢竟這是他的血脈。每次見到他們，就想起當初剛結婚的甜蜜，他那時身體好強壯……」

她以手摩娑著他的臉頰，陷入回想中繼續說：「他有時候會回神過來，對我微笑。有幾次我訴說著小孩子的近況給他聽，他還能發出笑聲……最近這兩個月都沒有再清醒……

「親友們雖然不說，可是我心裡明白。如果他能恢復，就算去討去賺我也肯！可是知道這是一條快走到盡頭的路……

「為了照顧他，我已經一個月沒辦法去看小孩了。單是來回車錢就要兩、三百塊，那夠我一週的吃飯錢呢！我好想去看他們，抱抱他們，但我若去了誰來照顧他？

「我早已認命了。好幾次病危，都想請醫師不要救了，讓他就這麼走，可是……我還是不忍心說出這句話。畢竟我們是發過誓言一路走過來的。他現在沒有意識，不再受苦了，可是苦的是我啊！

「醫生，有沒有什麼針？打了能讓他解脫，讓他安樂死？」她突然說出這句話。

接著一陣沉默。

她不安地低頭搓著手，又鼓起勇氣說下去：「一切的罪過就讓我來受吧！不是我殘忍，只是，我很怕再這樣下去，連小孩都保不住了。那可是他唯一留下來的根了……」

春陽照在這對苦命鴛鴦身上，將他倆鑲出金邊。

孝子

「趕快，趕快，他快沒氣了！」

急診室的門驟然打開，救護員用擔架推著一位年約五、六十的男人進來，一位四十多歲的婦女也跟著衝進來。病人口吐白沫，氣若游絲，看來情況不太妙。

婦人衝到我面前抓著我問：「醫生，他是不是快死了？」

「妳再不讓開，他就真的死定了！」

「很危險嗎？」

「對。妳是誰啊？」

「我……我……我是他老婆。」

「那請妳趕快通知其他家屬過來。」

「好，我馬上去打電話。」

電擊了三、四次，外加心臟按摩，總算把心跳穩住，血壓還是若有若無。正想叫她過來，聽到她在外面對著話筒直喊：「……全部，我說全部都領出來，要快！」

接著又撥了通電話：「阿明啊，明天把手上的都賣掉，你再匯給我。什麼正在……不管，通通……」

掛電話後，她走過來問：「怎樣，有沒有希望？」

「暫時穩住了。家人都聯絡好了嗎？」

「差不多了。」

「那我現在要送他上加護病房，請妳一起上來。」

「先把他的手錶拿給我。」

我以為聽錯了：「什麼手錶？」

「原本戴在手上那只勞力士金錶，妳把它收到哪裡去了？」邊說邊翻動著病人。

「妳不要亂動，等一下會漏針！」

「錶呢？」她又問了，口氣有點兇。

「從他一進來，我們都在忙著救他，哪有時間看他身上有什麼東西。會不會掉在路上？現在沒時間管這個，先救人要緊。趕緊送他上加護病房。」

她瞪著我說：「那我跟妳一起上去。」

到了加護病房，首先把病患移上病床，然後按規定要脫光光，換穿醫院的衣服。衣物一脫掉，她就死抱著不放，還迫不及待開始翻找鋪在原推床上的被單。她這麼翻找，灰塵都揚起來了，於是我提醒她：「太太，妳要找東西可以，等床推到外面後再找好嗎？我們要治療病人，請妳先出去等。」

「好。」說畢就隨著推床出去了。

過了半個多小時，病人的血壓終於回穩，我請護士小姐到外面休息室呼叫家屬。幾分鐘後小姐回來了：「奇怪，外面一個家屬都沒有！」

「沒有？會不會跑去打電話沒聽到？」

「不可能！醫院所有的公共電話機我都看了，連個影子都沒有。」

「找不到就算了。」

又過了一小時，那位太太終於回來了。

「醫生，現在不急救，有時間了，可以幫我找找那只錶了嗎？」

「不是告訴妳說，我沒看到錶！妳確定他的錶戴在身上？」

「我回家找過了沒有，又到急診室去查看也沒有，所以一定是妳拿走了。」

我火大了：「妳不要這樣誣賴人！剛剛是妳跟著他進醫院的，一路妳都跟在旁邊，從進門我就沒看到錶，妳也沒交給我，怎麼能隨便說是我拿走的？」

她毫無愧色回答：「那一定是掉在救護車上，我再去一一九問問。」說完就想離開。

「太太，妳不關心一下他的病情嗎？」

她的表情有點奇怪。「他不是還活著嗎？」

「是的。」

「現在還很危險，要過幾天才知道能不能過關？」

「沒錯。」

「那些我已經都知道了，還要我關心什麼？有事，我有大哥大，再找我就好了。」

「太……」她已推門離去。

整個下午的會客時間，都沒有家屬來訪。

隔天，病人還活著。

十一點多會客時間結束後，她才姍姍來遲。先去床邊看了看病人——還在呼吸，又摸了摸病人——還是溫的，就馬上走過來質問：「錶呢？」

「不是告訴妳這裡沒有。」

「不可能沒有。家裡找過了，一一九問了，身上翻了，都沒有，當然找你們拿！這隻錶很貴的，不要起壞心私吞了，我會告你們告到底！」

她講得很理直氣壯，好像警察在盤問壞人一樣。我可是越聽越火大：「妳口氣這麼衝，有證據說是我們之中的人拿的？妳看到了嗎？是誰拿的？還有，先拿出證據來，證明他真的戴著錶到醫院再說。搞不好他根本沒有錶，是妳想藉機會撈一筆。」

她不為所動繼續說：「我現在去找警察，到時候妳就知道了。」說完掉頭就走，連病人的狀況都不問了。

「奇怪，」一位護士說：「她怎麼不關心她先生的病情，只專注在手錶上？」

「什麼爛錶那麼貴？」另一位護士問。

不過我卻有點著急，打了幾通電話，請昨天當班的同仁留意一下四周，也許手錶真的在急救的混亂中掉到哪個角落了。

第三天，病人生命跡象好轉很多，但仍在昏迷中。

她又來了，一進門就大聲的叫著：「有沒有找到？」

護士：「太太講話請……」

「我、我講話怎樣？告訴妳，這隻錶值三十多萬元。如果今天再找不到，我就上法院告你們，一定要你們賠錢。」

護士委屈地說：「太太……我前幾天休假，今天才開始上班，不知道妳說什麼？」

「喔！」她哼了一聲。

「太太，我想麻煩妳……」護士小心翼翼繼續講：「這張單子是他住院要用的東西，像紙尿褲、毛巾、面紙等。已經第三天了，每天都是向隔壁床借的，能不能請妳去買一下，否則真的沒東西可用……」

她聽到護士今天才上班，就不再追問手錶的事。低頭看了一下單子說：「妳先幫他買，等出院我再跟妳算。」

護士委屈地回答：「我只是個小護士，身上沒帶這麼多錢，妳能不能自己去買？」

她不屑地瞧了瞧護士：「才這麼點東西就叫窮說沒錢！我很忙，今天沒時間買。要不然，再跟隔壁床借用好了。」

護士小聲地回答：「可是……隔……隔壁床早上剛過世了，不能再借了。」

「好啦好啦！」她一把抓過紙條，「我去買。」

下午一位男生推門進來喊著：「送貨，第四床的紙尿褲。」

護士問說：「其他的呢？」

送貨員：「什麼其他的？」

護士：「衛生紙啦、毛巾啦……」

送貨員：「都沒有。那位太太只叫我送一包紙尿褲過來。」

護士：「可是他已經跟別人先借了一包來穿，早上就已經用光光了，現在這包剛好還人家，那麼今天還是不夠……」

送貨員：「那不關我的事，那位太太只付了一包紙尿褲的錢。」

護士無奈地道謝。

第四天，病人依舊昏迷。

今天不一樣了，進來看他的是兩位中年男士。見到我，其中一位就走過來：「醫生，他今天早上是怎麼病倒的？」

這倒是一個奇怪的問題！

我笑著說：「今天早上？他已經病倒三、四天了！」

「怎麼不早點通知我們？」男士生氣地質問。

「通知你們？怎麼通知？我又沒有你們的資料，都是他太太負責聯絡的。」

「哈哈哈！」第二位男士冷笑三聲，「他太太早就跟人家跑了，哪有可能會過來。」

「兒女呢？」

「可能在台灣，從小就被他太太帶走，不知去向。請警察去找吧。」

「那我遇見的哪位？」

「是胖的還是瘦的？」

「胖的，頭髮捲捲的。」

「那是他姘的啦！那個死女人，還肯送他來醫院就已經很不錯了。」

「告訴我他現在怎麼樣吧。」第一位男士總算有點關心地問起病情了。

當我解釋完病情後，護士緊張地插嘴：「先生，你能不能幫他買點東西？」接著把他缺東缺西的原因大致說了一遍。

第二位男士很乾脆：「好，我來買。錢呢？」

「什麼錢？」

「買東西的錢啊！」

「買東西要你自己花錢的啊。」

「他不是自己有錢？」

護士解釋著：「當天他身上所有的東西就被他太……嗯……被那位太太拿走了。她還一直逼問我們勞力士金錶的下落，硬拗說是我們偷了，要我們賠償，還說要上法院告我們。」

第二位男士轉頭向第一位男士說：「你趕快回家看看金錶還在不在，順便找找地契，不要連房子都被她賣了！」

「放心啦！」第一位男士拍拍胸脯保證說：「我就是怕她偷錶，早趁他酒醉時把錶藏起來了。我就猜到她在算計這隻錶。」

我終於聽出苗頭了。原來前幾天她都是在唬人，我還真擔心她去報案呢。雖然大家都是清白的，但是碰到這種想誣賴你的家屬，還真是糾纏不清。

這時兩位先生開始互相討論。

第二位男士：「錶在哪裡？」

第一位：「安全的放在我家。」

第二位男士：「那三千多塊美金呢？還有存摺。」

第一位：「都藏在電視機後面，希望她找不出來。」

「那戒指呢？」

「藏在舊衣服中，我想她沒那麼精明的。」

兩人一起回頭：「我們要先走了。」

「那東西……」護士緊追不捨，「誰負責買？」

第一位男士：「先將就一下，等哪天他的子女來了，再請他們買好了。」

護士：「不行啊，總不能叫他光著屁股，你們朋友是怎麼當的？」

第二位男士：「真衰，也才不過一起喝過幾次酒，就要我幫他買東西。好啦好啦，算我前輩子欠他的，我來買，就算做好事吧。」

他倆心不甘情不願的離開了。欠缺的東西，當然還是沒著落。

第五天，病人昏迷狀況有進步，稍微會動了。

今天來了一位三十出頭的年輕人。一進門就走到床邊去看他，以雙手握著他的手，又不住撫摸他的臉。

過了幾分鐘，年輕人才走過來請教：「先生，請問他現在病況如何？」

我解釋道：「他現在仍舊昏迷。如果血壓能維持穩定，可能這幾天會越來越清醒，不過能不能完全恢復意識就要靠他的造化了。你是？」

「我是他的兒子。」

「你父親與你分離多久沒見面了？」

「約莫二十多年了。他從我八、九歲那年就離家不回……」

「不是聽說是令慈拋棄了他？」才說出口我就後悔了，因為從他的眼神，我已經知道接下來的答覆了。

「他當年迷上舞廳的小姐，整天不回家，薪水全都拿去孝敬她。這還不打緊，最後嫌我母親人老珠黃，把她與我弟妹通通趕出家門。他把房子賣了，另買一間套房送給舞小姐，搬去與她同住，半年多就被她拋棄，從此不知所終。當年弟妹還小，對這些情形都不知道，母親又不願意提，我只好騙他們說父親出了意外去世了。

「約五年前我輾轉打聽到他的下落，還跑到澎湖找他，可是他對我很冷淡，而且與他同住的那位小姐更是對我冷言冷語。當時我曾請求他回家看看，可是被拒絕了。我留下了一張印有公司電話的名片，也就是靠著這張名片，警察才通知到我的。」

他笑了笑繼續說：「其實能找到我實在很幸運！因為我已離開那家公司一年了，並且搬了家。同事辭的辭、調差的調差，應該沒幾個人記得我。那天警察打電話去時，沒有人聽過我的名字，正好一位已離職的同事回公司找朋友聽到了，才能打聽出我現在的地址。

「醫生，能不能等他病況穩定之後，將他轉回台灣讓我奉養？雖然他當年拋家棄子，但總是我的親生父親。我還記得當我很小的時候，他跟我玩耍，讓我騎在他身上，以及帶我出門看電影的情景，到現在還經常夢到。我的母親已於前年過世了，所以不會有意見。現在能與父親重逢，實在是很幸運，我不願意再讓這個機會溜走。

「弟妹那邊我會去講，他們都不記得當年父親如何毆打母親、趕我們離家的往事，我也不想讓他們知道，只要騙他們說找到失蹤的父親就行了。所以……請問何時能轉院？」

我向他說明：「他的病情再三、四天就會平穩，到時候就能轉走了。」話剛說完，突然想到一件事，急忙提醒他：「對了，前幾天有位小姐一直打他金錶的主意……」

他搖搖頭說：「錶掉了就算了。」

「還有兩位先生提到房契、存簿等等……」

他聳了聳肩。「錢財是身外之物，只要他還活著，就算那些都弄丟了也無所謂。這些年來我不能在他身邊照顧他，所以那些東西，就當作是感謝他們朋友一場，替我照顧父親的酬勞吧！當年我還不是從一無所有再爬起來的！就算他是乞丐，也仍是我父親，不是嗎？」

他回到父親身邊幫他按摩，對他輕聲細語，細述思念之情，一切都是那麼的自然。

醫生絮語

寫完這篇，讓我想到在〈有不是的父母〉那篇裡提到的父親。同樣是不盡責的父親，卻有著不同的結局。人，真的是感情的動物。

說再見的權力

病人是癌症末期患者。由於蔓延太廣泛且肝腎衰竭，開刀對他已經沒有幫助了，於是由台灣轉回來等時間。陪伴他的只有小兒子一人。

三番兩次胃出血，讓他在鬼門關前走了不止一遭。

有一天他精神比較好，向我吐露了心願：

「我知道這個病已經到了末期，每天都在痛苦中度日，妳給的止痛針只能維持一小時，可是我也知道這麻醉藥是管制藥，給太多會出問題，所以不敢多做要求。如今我只有一個心願，就是『希望擁有一個在適當時機說再見的權力』。能不能在時間快到時通知我，讓我回家看看房子、看看田、坐坐老搖椅、睡睡自己的床、見見左右鄰居？如果時間快到了，妳會通知我嗎？我希望能回到自己家中，死在自己的床上，葬在太太的墳墓旁。」

「時間多寡是上天註定的，我想我無法揣測祂的心意。」

「那……假如我覺得差不多了，想要回家，妳會攔著我嗎？」

「我答應你，假如我也認為時間快不夠了，我不會攔著你。」

他滿意地笑了。

過沒幾天，一次突然的出血讓他陷入休克昏迷，連要求回家看看的機會都沒有了。

台灣趕過來的家屬在瞭解狀況後，把事先簽妥的「不施行心肺復甦術聲明書」撕掉。「醫生妳一定要救，不管花多少金錢都沒關係，能拖多久就拖多久。」

我輕聲提醒他們：「可是他曾說過想帶一口氣回家……」一旁的小兒子也輕輕點了點頭。「而且他兒子也和他一起簽字不做心肺按摩與電擊的。」

「不要管他曾經說過什麼，我要求你們全力急救，至少這兩天不能讓他去世。」站出來的是位西裝筆挺的中年人。

難道還有家屬趕不及過來，所以要留一口氣見他？

我心裡懷疑著，卻忽然想到另一件事：「好，急救是沒問題，可是有一點我要先說清楚，因為你們幾位今天才來，怕各位對他的病情不太瞭解。他是癌症末期病患，符合安寧療護條例，台灣的醫院認為他活不了多久，才讓他帶一口氣回來等死。他整天都在喊痛，無法睡覺，這個痛苦用藥物是無法完全解除的……」

「不必說了，這些我都知道，這一年來都是我在照顧他的。他那麼傻，還回來做什麼？一棟破屋、一屋子爛傢俱、還有一年產不出幾籮筐的土豆田，有什麼好掛念的？還說要去菜園澆水，也不想想他是什麼身子？要怪就怪小弟不懂事，順著他的意，趁我出差不在，偷偷幫他辦轉院，妹妹想攔都攔不住，才會惹出這種麻煩。」

「打岔一下，」我看了看縮在一旁不作聲的小兒子，「你的意思是，當初你不同意辦理轉院，讓他帶口氣回老家過世嗎？」

「不帶！」老大瞪了瞪小弟。

「帶回來有意義嗎？等人死了，我還要把屍體運回台灣辦喪事，順便把母親的骨頭也撿回去合葬。葬在這邊，每年全家都要請假回來掃墓，多不方便。父親也不想想看，回來一趟多麻煩。這趟過來，害我推掉一個客戶不接，老二也得跟公司請假，會扣考績的，三妹也來了，留小妹關了店門負責照顧大家的小孩……」

「那其他家屬怎麼說？」我問。

「我是老大，說了就算，其他人的意見不必聽。反正他們的意見也與我的一樣，只有么弟比較搞怪。」

老大說完又再補充：「別誤會，我不是不愛父親，老爸患病我也很難過，只是既然走到這一步了，現實問題也要考量。他生病時我幫他找最有名的醫生，請醫生開最好的藥，住頭等病房，還幫他請特別護士，又買最補的食物，我也經常去陪他，所有為人子女該做的事，一項也不缺，他們都可以做見證。」

親屬全都一致點頭，連小兒子也露出同意之色。

老大繼續講：「現在既然父親已經沒有意識了，我們怎麼做他也不會知道，那麼就該為自己打算。回台灣辦後事比較不勞師動眾。」

聽他這麼說，雖然有點冷冰冰的，仔細想想倒也合情合理。既然小兒子不再堅持，拒絕急救聲明書也被撕毀，就盡量幫病人維持生命了。

過兩天，老大又來找我商量：「他的狀況還是一樣嗎？」

「越來越差，僅靠藥物在撐著，隨時可能去世。」

「還有希望清醒嗎？」

「不太可能，這次昏迷後瞳孔就已經放大，沒有任何反射或意識，在等時間了。」

「那麼可以了，如果他撐不下去，今天就不必急救了。」

我的腦筋一時轉不過來：「你……你說什麼？前天你不是要求無論如何要救到底的嗎？」

老大：「田地已經過戶了，現在沒有遺產稅的問題，所以可以讓他離去了。最好不要拖太久，我的假期沒有那麼長，希望事情能早點結束。」

「可是他的心臟要何時喊停，卻不是我所能決定的。」

老大：「妳不是在打強心針嗎？把藥物停掉就好了。」

我提出抗議：「當初是你們堅持要急救，既然救了，就不能任意停藥。」

老大：「那我再簽個字，拒絕急救，妳就可以停藥了。」

我想到他有一票兄弟姐妹，這樣反反覆覆的，只要有一個人不服，提出抗議，叫我從哪邊賠出個父親來？雖然只要有一位家屬簽字就符合法規，可是經過這番波折，還是謹慎點比較好。

「至少要有兩位兒子簽字拒絕施打任何藥物，我才敢停藥。」

「不早講，老二早上就回台灣去了，老三被氣跑了，現在只剩我一個男的還在。」

「那我可不敢停，你們兄弟姐妹那天說好要急救，你今天又改變心意，誰知道明天會不會再反悔？」

「那……這樣好了，妳沒膽量沒關係，安排一下，我明天一早辦理自動出院，把他轉回台灣，那邊的醫生會聽我的話，就不為難妳了。」

「好吧，你要自動出院的話我也沒權力攔著你。」

病人半夜就嚥了氣，隔天由家屬包船載回台灣去安葬了。

醫生絮語

依照民國九十三年六月二日修正的遺產及贈與稅法，在人死亡前兩年之內辦理的贈與，仍要課徵遺產稅，所以文中提到的逃稅方式，最後還是會被國稅局逮到，那位大兒子是白忙一場了。

背叛

病人因肝癌末期合併食道靜脈曲張出血與肝衰竭，在家中突然吐血昏倒，被親友七手八腳抬入急診室，急救後勉強維持血壓，立即轉入加護病房。雖然肝癌已經走到末期，但這次變化太突然了，他太太無法接受病危這個事實，數度昏厥，所以患者的大兒子明雄將我拉到一旁商量。

「醫師，我母親有心臟病，妳能不能幫我騙一騙她，就說我阿爸的病情已經好轉，還有不要告訴我的親戚……」

「這不好吧！」我回答：「他再拖也拖不過一週，等他過世了，她還是要面對真相，讓她抱著假希望，會……」

「沒關係，我么弟明晚就會從台中趕回來，他與母親最親，等他來了再說明真相，小弟可以幫著安慰她。否則再這樣昏倒，恐怕要先鬧出人命的。」

「好吧，只騙她兩天，直到你么弟回來。可是我不能對其他家屬也撒謊……」

「妳若跟他們講話，我媽媽耳朵很靈會偷聽到的。何況幾位長輩身體也不好。親友那邊由我負責轉述，我會請他們幫忙瞞著母親，妳就叫他們一切病情都問我，說是我交代的就行了。」

於是每當她詢問病情時，我就騙她說她先生已經進步了。而當其他親友想瞭解病情時，我會請他們詢問病人的大兒子。

一次，某位穿西裝的家屬把我拉到一旁：「醫師啊，他還會在加護病房住很多天嗎？」

「快了，就快要不必住了。」我偷偷瞄了瞄旁邊，還好病人的太太沒有聽懂。

過了兩天，那位么弟還沒有到。

「明雄，你不是說你弟弟昨晚就該到的嗎，怎麼還不見蹤影？」

「都是我媽啦！她聽說病情有進步，就打電話叫他不必回來了。」

「可是我們說好的，我只能騙她兩天……」

「這我瞭解啦。」

「瞭解沒有用，叫你弟弟馬上回來。」

「不行，媽媽若是看到弟弟回來，一定會猜出父親不行了，還會再昏倒。」

「我們當初就說好，你么弟最能安慰她，到時候即使昏過去也有辦法。剛剛又急救了一次，不要害你弟弟見不到父親的最後一面。」

「好啦好啦，我這就去打電話，他一下班就趕過來。」

又過了一天，神秘的弟弟還是不見蹤影，連探病的家屬也越來越少。

我把大兒子拉到一旁：「你弟弟是怎麼搞的，不能來也要說一聲嘛！還有小姐反應經常找不到家屬，臨時要買紙尿褲什麼的，都找不到人。」

明雄搓搓手，不安地說：「是我媽啦！她告訴眾親友說父親好多了，所以他們不必整天守在醫院，還叫我要去上班，不要請假。」

「這樣不行的，我都不敢保證他能不能活到明天。」

他低頭不語。

我鄭重地警告他：「給你最後的機會。明天一早，不管你弟弟來不來，我都要直接告訴家屬病情，好讓他們有個準備。我也會通知令堂的。」

「我向妳保證，我一定會叫小弟晚上來。謝謝醫生這幾天的幫忙。」

當天下午，病人血壓驟降，心跳停止，經電擊後暫時救回一命。病人的母親見大勢不妙，哭天喊地被攙扶出去了。

家屬圍攏過來……

「妳這個醫生怎麼當的，好好一個人怎麼會忽然病危？」

「誰說他好好一個人？」我心中充滿著疑問。

「妳是不是開錯藥了，要不然怎麼會突然間惡化。」

這更奇怪了，怎麼會認為很突然呢……？

「他的狀況原本就很危險……」

一位家屬掉下眼淚：「還說呢！明雄明明告訴我們，他一天天在進步，沒幾天就要轉出加護病房了，怎麼會搞成這樣？唉……」

「我從沒有說過……」

「還狡辯，妳那天明明就告訴我說，他再住幾天就要轉出來了。」講話的是那天那位穿西裝的男士。

「我的意思是，他再活也沒多久了，所以說就快要不必住加護病房了。」

「什麼？妳說他會死？醫死人了還這麼大聲！」

「對啊，若當初真的那麼嚴重，怎麼不先跟我們講清楚？」

我左顧右看，就是不見病人的大兒子出來解圍，原來他攙扶著母親到一旁休息去了。

面前的家屬七嘴八舌：

「妳若早點告訴我們他的病情嚴重，我就會趁早幫他轉院，也不會拖到現在。」

「對，妳要負責，都是妳害死他的。」

「做醫生的怎麼可以欺騙家屬呢？」

「我看是她根本不會看病，看不懂亂醫，等到出了事再來找理由搪塞。」

我終於瞭解被狗咬的呂洞賓是何等心情了。

「這怎麼能怪我，他一來就病危了，我都跟他大兒子講了。全都是他的大兒子要求我先瞞著他母親，還叫我不要直接告訴你們……」

這時家屬群中一位七十來歲的老先生拄著拐杖出來說話了：「別聽她胡扯！他的病情他太太都一五一十告訴我了。明明一天天有進步，明雄也是同樣的說法，怎麼今天妳講的又是另一套？」

「醫師快，要急救！」護士衝出來喊叫。

聽到這句話，我好像得到特赦令一般，趕快躲進加護病房，把這群亂轟轟的家屬留在隔離門外。希望等一下大兒子出現，一切誤會都能迎刃而解。

花了快兩個小時，把狀況穩住，我才鼓起勇氣走出來。其實也不用那麼久，只是想說讓他們有點時間冷靜冷靜，可以聽聽大兒子解釋隱情。

家屬們依舊鐵青著面孔。

「怎麼樣？」

我搖搖頭。「很不好，拖不過今晚。」

「妳立刻幫他辦轉診。」一位五十多歲的先生搶著說：「我已經打電話拜託德雄去問了，他說這種病ＸＸ中醫院可以包醫的，只是被妳拖延太久，耽誤了，現在送過去只剩三成把握。」

聽到還有三成機會，家屬一陣譁然。

一位年輕的生面孔走出來，用手指著我的鼻子：「妳是怎麼害我爸爸的？好好一個人，能說能笑，把他醫到昏迷要急救，還說拖不過今晚？人家ＸＸ中醫院就敢打包票……」

這位大概是遲遲不出現的么兒吧！

我盡量解釋給他聽：「他一送進醫院就處在昏迷狀況，從來不曾醒來過，連血壓、呼吸都要靠藥物和機器才能維持下去，幾乎每天都要急救數回。」我把「你又不是不知道」這句話硬生生吞下肚。誰叫我當初要答應大兒子的要求，不直接告訴其他家屬病情真相呢！

「騙笑耶！我媽都跟我講了，那天只是頭昏來醫院打針，醫了幾天一直在進步，怎麼今天一下子就不行了？連大哥都很感意外。」么兒一點也不相信我。

那位五十多歲的男士接著說：「不管誰隱瞞了他的病情，害他失去中醫治療的機會，我都要找他負責。」

「對，誰去叫明雄來……」

「如果是明雄騙了我，害他不能轉院，我要找他算帳。」

「對，大家來評評理，看是誰把他耽誤的。」

一轉頭，看到病人的大兒子站在人群後面，不知道聽了多久了。

「哥，醫生有跟你說過阿爸沒希望了嗎？」么兒問道。

「你不是說有比較好了嗎？」

「對啊，醫生到底怎麼跟你說的？」

「醫生說你要她對大家隱瞞病情，是真的嗎？」

那位五十多歲的男士繼續質問明雄：「我上次叫你問醫生看看能不能改看中醫，你不是告訴我說醫生反對，認為中醫沒效，那德雄怎麼說這種病中醫可以包醫？」

（奇怪，沒有人問過我中醫的事啊！）

另一位家屬又接話了：「我一直說要讓他轉院，你都告訴我說病況穩定，醫生保證不必轉就會治好……」

（奇怪，也沒有人提過轉院的事啊！）

「明雄你老實說，醫生有沒有告訴你他病得這麼嚴重？」

病人的大兒子看看我，看看親友，看看地板，眼光飄到販賣機上，再看看親友，最後低著頭說話了：「我也不知道他病得這麼嚴重，我一直以為他會好轉的，醫生也沒跟我說……」

一陣辱罵與混亂之後，病人終於轉走了。

臨走前，明雄走近我，小聲說道：「家屬那邊妳不必擔心，我會找機會解釋，不會讓他們找妳麻煩的。」

我看著一臉愧色的他：「你剛才為什麼不跟大家說明真相？」

「我……我說不出口……我以為會有奇蹟……後來我不敢……妳也知道長輩在怪……唉……對不起……」

話未說完，就隨著病人的推床轉院去了。

月餅

「我生平無大志，做人不偷不搶，沒欠債，也沒什麼不良嗜好，就是愛抽根煙、喝點小酒，找朋友摸兩圈而已。妳叫我戒煙酒，不正要了我的老命嘛！不行不行。」老伯理直氣壯地說著。

「那就盡量少抽吧。」

「三天一包煙，每晚半小杯酒，一週摸一次，夠少了吧。」

「夠夠夠，老伯別生氣，只是勸勸而已。那這血壓藥……」

「醫生這妳盡可放心，命我還想要，閻王要找我也起碼等我抱過孫子再說。一天吃兩次對吧，看看病歷，我可從來沒斷過藥，即使要上台北看女兒，也先拿好藥再走的。」

確實，他連颱風天都跑來醫院拿血壓藥，是位忠實的病人，煙酒……以後再勸吧。

九月。

「最近過得好不好？」他這回上台灣，竟然一去半年多沒來拿藥，可真稀罕。

「無聊死了。」

「怎麼會，是不是手氣差，光放炮沒自摸？」

「不是，我已經不打牌了。」

「你把打牌當生命的，受得了嗎？」

「受不了也得忍耐。」他嘆口氣繼續說：「就腰骨酸痛嘛。一拖三、五週，原本也不怎麼厲害，年前麻將多摸了一雀，隔天就爬不起來。躺了幾天越來越嚴重，雙腳發麻站不起來，兒子帶我上台大檢查，連什麼核子的都做了，結論是我的肝臟不好，還有腰骨退化。」說著拍拍腰，「起初天天吊大瓶，大針小針的加進去，小姐都戴著口罩，好像恐怖分子。」

他促狹地眨了眨左眼：「幾天都不見改善，後來開刀，從背後擺什麼骨水泥進去，還裝了個支架。妳知道，那種製造太空梭在用的材料。唉，雖然沒有上月球旅遊的命，至少現在與太空船一樣強壯了。呵呵。」

「那是因為坐不住才不打麻將的？」

「才不是哩。醫生說三個月就可以恢復正常生活，三個月早過了，腰也好了，但我想讓身體早點恢復健康，怕久坐會影響，才自動戒掉的。現在一天三碗中藥湯，苦死了，早點痊癒早點脫離苦海。」

「不對啊，腰都好了，還吃什麼中藥？」

「還有肝啊，妳聽漏了。吃中藥保肝補骨，醫師說還要再吃一個月才夠。苦啊……」

十月。

「最近日子過得如何？」前兩回沒找我開藥，這次見面看他無精打采，彷彿蒼老了十歲。

「悶得發慌，都沒人可聊天。」

「講講吧。」

「很懷念以前打牌的日子，老周喜歡講笑話，我還滿喜歡聽。他一定是從哪邊抄來的，否則怎麼可能每次都有新的笑話可講。不過別跟他說，他都是聽了一手好牌才開口，牌打久了，知道他的習慣，只要他開始講笑話，大家就小心謹慎，要不就下車，結果那傢伙手氣還真好，老是自摸，想盯都盯不住。」

神采又回到老伯伯的眼中，他繼續回憶：「還有小黃，喜歡講他女兒在美國的趣事。她在美國帶團，常打電話回來，本來牌友想相約去美國玩上半個月……」

趁他講話時，我翻了翻轉診報告：轉移癌，肝臟與脊椎骨都有，但對化療反應良好，預估可活一年。

「你還是可以找他們過來聊天啊。」

「光聊天不打牌，我試過，可是離開牌桌，大家就變了個樣，反而拘謹起來，幾次之後就停擺了。現在他們轉到別家去玩了。少了牌友，沒人可談天，我與家裡那口子又沒話好講，整天大眼瞪小眼。」

「怎麼不去公園走走？」

「喘，不知怎麼的，年輕抽煙到現在也沒喘過，頂多變天咳他兩聲，現在走沒幾步路就喘，看來身子骨終於老了。」

「關於喘……」

「這就甭提了。跑了好幾家治不好，問醫生都支吾其詞，乾脆改吃中藥，看看中國人五千年的智慧，能不能拚過洋鬼子這幾年的發展。」

陽光透過窗帘，照在他的臉龐，我第一次發現除了眼角的笑紋之外，他的額頭還增添了許多深刻的線條。

「我戒煙了。」突然冒出這句話。

「煙……不是你的第二生命嗎？」

「妳這醫生真好玩，叫我戒煙講了那麼些年，怎麼聽到我戒掉了反而一臉無奈。我兒子快結婚了，一年後就有孫子可抱，到這種地步了不戒怎麼行。我不是說過了嗎，閻王要找我也得等我抱過孫子再說。」

「那……台大的醫生有沒有告訴你生的是什麼病？」我謹慎地發問，因為兒子千叮嚀萬叮嚀，絕不可告訴他病情。

「別開我玩笑了，就肺氣腫、肝炎，還有老人骨刺嘛，兒子都告訴我了。轉診單上面不是寫得明明白白，我看到妳剛剛還在翻閱，妳這醫生怎麼比病人還不清楚病情啊！」

「ㄛ……我……你只找我看高血壓……所以……」

「老頭子跟妳開個玩笑，別介意。」

他比了個OK的手勢，微笑著拿藥單離開了。

十一月。

「一一六／七八，血壓還不錯，可以暫時不必吃藥了。」

「戒了煙，血壓竟然降低了，還有我的小肚子也都消了。早知道就早點戒掉。」

低頭看他扁扁的肚子，皮帶扣在倒數第二格。

「瘦了幾公斤？」

「十幾公斤。沒肉吃，胃口差，想不瘦也難。」他停下來咳兩聲再繼續：「兒子說上次那中醫開的藥治肝臟很高明，可是吃清肺的口碑不好，所以又換了一家，還好這家的藥水一天只要喝兩次。我現在連豬肉、雞腿都不敢吃，以前可是沒肉吃不下飯的。」

「中醫師要你吃素？」

「中醫沒說，可是鄰居說肉有毒，吃多了，中藥就沒效。是我自己要戒的。快娶媳婦了，再一年就有金孫可抱，我想早點治好病。兒子勸我不必忌口，可是我哪敢大意。」

「那呼吸輕鬆點沒？」

「沒，還是一樣會喘，只是咳得少了。」

一月。

「我想開安眠藥。」

抬頭一看，差點認不出來。老伯臉瘦了一圈，手臂上的肉全不見了，說難聽一點，與骷髏倒有幾分神似。

「你不是一向倒頭就呼呼大睡的嗎？」

「那是從前。自從我把睡前酒戒掉之後，就整晚翻來覆去，半夜腳還會抽筋。」

「醫生叫你戒的？」

「不是，是我自己要戒的。我想，換了那麼多位醫師，病還沒好，一定是我的錯，所以發狠把僅存的嗜好戒了。現在日子真難過，整天不是藥罐子就是針灸，看電視不敢坐太久，吃飯吃不下……還好血壓藥不必再吃了。」

他搖搖頭，稀疏的髮絲垂落眼前，再以顫抖的手將它撥開。

「好苦。假如我犧牲這麼多，病卻不會好，或者……妳知道，婚事吹了。原本雙方就交往不深，我一直催促，女方覺得是被逼婚的，一賭氣跑回南部去了。咳咳咳……對街的三婆才吃八帖藥就從床上爬起來，個把月就能出門了，我一定哪裡沒做對，是不是愛吃甜的……」

我很想大聲對他吼叫：「你就繼續抽煙、喝酒、吃肉、打牌，盡情放縱，好好過那剩餘的日子吧！」可是，最後只能默默將處方箋遞給陪他來的兒子。

一月底。

「看看我，胖了點沒。」

沒想到他還能撐到現在。臉還是一樣的削瘦，肚子卻顯得腫脹。

「至少這次沒再瘦下去了。」

「呵呵咳咳咳……肚子胖回來了，褲子不會老是掉下去，可是站不住了，靠這張輪椅活動。中醫真沒用，我現在找師父咳咳……調整氣血，又回頭吃起西藥，晚上仍睡不好，胃口還是不開，但比較不喘了。」

兒子跑出去接手機。

「醫生，我知道妳跟我兒子有種……約定……承諾，所以不敢勉強，但認識這麼久了，想聽妳一句真話。也不必太為難，就這麼說罷咳咳……如果我繼續忌口、戒煙、戒酒、練氣，明年……今年……我有機會吃到今年的中秋月餅嗎？」

我輕輕地搖搖頭：「時間不是我所能決定的，一切但憑天意。」

「我瞭解了。」

二月中。

「沒辦法，他堅持不掛急診，要來門診給妳看。」護士匆忙解釋著。

老伯伯半坐半躺癱在推床上，氧氣管鬆垂掛在鼻頭，送氣閥嘶嘶作響，潮氣瓶嗶剝冒泡，仍掩蓋不住吃力的喘息聲。肚子又回復到初認識他那圓滾的模樣，但身上不著一點肉。

他緩慢地說著，不時為吸口氣而停頓：「我試著吃肉，可是吞不下去；試著喝酒，卻入口即吐；想拿煙起來抽，但是味道全變了，而且抽煙就不能開氧氣，我撐不了那麼久。老周來看我，想要講笑話……他都快哭出來了。

「我現在什麼都不想，只求能好好睡個覺，我已經三個晚上沒闔眼了。妳上回開的安眠藥，能不能再開，還是打個針讓我睡去，一睡咳咳咳……」

「現在這個狀況，我沒辦法開安眠藥給你，但可以打個針讓你輕鬆些，或許休息一下睡個小覺。」老伯伯的頭仍無力垂著，連連的咳嗽讓他講不出話來，但右手微抬，食指與拇指圈起來，比了個熟悉的手勢。

三天後。進來的是他兒子。

「謝謝妳的照顧，父親昨天半夜往生了。他要我轉告妳，上回打針時，在醫院睡了個好覺，還夢到自己清一色胡牌。雖然才睡不到兩小時，但那是一個月以來最滿足的一次。我勸他再來找妳，可是他不肯。昨天精神突然變得特別好，要我去買月餅、烤雞，還請我打電話給小黃，問問美國哪個州的天氣適合旅遊。昨晚他說想早點上床，我看他不太翻身，也沒咳嗽，以為終於能睡覺了，沒想到……」

他遞出一小盒月餅。「老爸昨晚特別提醒要我交給妳，說妳會懂得。」

或許才二月天，買不到月餅，盒子內裝的是老婆餅，盒蓋上歪歪斜斜用簽字筆寫著「ＯＫ」兩個字。

「是的，我懂。」

無言

十歲那年是第一次。本來只是一道小傷口，卻讓討海的父親延後上船，母親也不再叨唸他晚餐時把食物滴在胸口，弄髒了新襯衫。當家人急著叫車送醫時，他嚎啕大哭，為的是蘋果沾染了血液就不能吃了，那是他盼望一整年的生日禮物啊！

第二次踩到地上的碎瓷盤割到腳，讓盛怒中的父親放下高舉的椅子，饒過畏縮的母親，將他送去急診。回家的路上父親輕聲向他道歉，還請他吃蘋果，因為摔盤子的時候不知道他正放學走進家門。父親牽著他的手，聊著對他的期許，那是記憶中的最後一次。

記不得是第五次還是第六次，母親只是冷冷的瞪著他說：「都幾歲的人了還長不大，連削個鳳梨都削不好，快去藥房買紗布包紮，不要滴得水果攤都是血，害客人不敢上門。」

當晚，他點起生平第一根香煙，藉著吞吐的雲霧，忘掉父親的出走。外面的女人有什麼好，值得你拋家棄子？如果發生船難，沒了父親，至少還有撫卹金可領，我也不必輟學……你那晚不是答應我，要看著我進大學戴方帽的嗎？

窗外，無月，星稀疏。

第一次摔爛機車的時候，母親根本不在家。他趁醫生轉身時從診所溜走，沒有付帳的問題。剩下的只是編個理由向母親解釋，工作的時候怎麼會跌成那種鬼樣子。至於機車……管他的，鑰匙插在車上是你車主的疏忽，誰叫你引誘我去騎它……

紅色的罰單讓母親警覺到，那個每晚加班到很晚才回家的兒子出了點紕漏。

他輕描淡寫地說：「都是我不對，送貨趕時間闖紅燈，警察又不通人情……」

母親搖搖頭：「兒啊，這樣做不值得，為了點微薄的薪水賣命。水果攤生意還可以，現在餐廳缺人手，你乾脆把工作辭了幫我顧攤子，我去阿發那邊做，多存點錢好讓弟弟上大學，你知道後年他就要考聯考了。」

弟弟，那個考試沒我好的弟弟，那個從沒得過前三名的弟弟！妳可知道，我下了班回家還在讀自修，今年的考題我都會寫，可是我不知道輟學生該怎麼報名；還有存款不夠，即使考上大學也讀不起，妳卻只想到弟弟。難道我在妳心目中只是個賺錢的機器？

「弟弟上大學之後還有妹妹，我想送她去台北讀書，可以住在阿姨家省點錢……」

不要用我取代父親，我還只是個孩子！他在心中吶喊。

生日那天，他買了巧克力蛋糕，請假提早回家。母親搖搖頭，「那是你父親的口味，我一向不愛吃巧克力。」弟弟匆忙切了塊蛋糕塞嘴巴，就去補習了。妹妹看了一眼說：「你神經病呀，吃巧克力會長痘痘耶。」沒有人問他為何買蛋糕，也無人祝他生日快樂。這並不稀奇，父親離家後，光是張羅三餐與房租就很困難，大家也就不再慶生了，但……他想到上個月母親買了台收錄音機給弟弟，說可以幫他學英語，那天剛好是弟弟的生日……

他轉身離去。「我只是送貨經過，今晚公司還要加班，晚餐就不必等我了。」

回到家已十一點半了，冰冷的晚餐與吃掉一小角的蛋糕還擺在桌上，家人早已熟睡。他坐在窗邊，一口口吞著甜膩的巧克力，舉杯遙祝月亮生日快樂。那天是新月，六點四十七分月昇，七點零三分月落，現在月姑娘在蒼穹的懷抱中歇息。拿起切蛋糕的刀子，無意識地將刀刃在手腕上來回劃動，直到鮮血滴下來，落到早已匯聚成灘的淚水中。腦海中，只看到父親清洗那顆沾血的蘋果，削去染紅的部分，一口口切片餵給他吃，香甜的滋味讓他忘卻了刀傷的痛楚。

「謙謙，下次讓爸爸幫你切好不好？」

「不要，老師說小孩子要幫忙做家事，我都十歲了，我想自己切……」

他越來越晚回家，只要薪水交給母親，沒人管他死活。或許死亡是種解脫。他很清楚，在重視文憑的社會，像他這種中輟生能有什麼前途？

每當心情低落，他會拿刀自殘，望著暈開的紅色，回想當年怎麼藉由腳底的裂傷，意外地止住父母的爭吵，可是到最後耳邊卻不停重複母親的咆哮：「……快去藥房買碘酒包紮，不要滴得水果攤都是血……」

停止後，機械式地翻出藥包自行上藥。他對處理傷口已經很在行了，可是母親從不懷疑是怎樣的工作會讓他三天兩頭受傷。

在哪種場合下讓他吞下第一口酒，已不復記憶。但是他很肯定，再也沒有一次醉酒可以像第一次那樣痛快，使他忘卻一切，只是單純地漂浮、旋轉，好像坐雲霄飛車般刺激。他也知道，老板在注意他了。失業那天，弟弟放榜。這次真的不是他的錯，把屏風摔壞的是阿松，他已戒酒一週了，但有誰會出面維護一個酒鬼？

母親看到他回家很高興：「弟弟考上了，你能不能向老闆商借一點薪水，他要繳學費。」

第一次很容易，公司的倉庫下班後才上鎖的，中午大家都在吃飯。接下來的兩次也沒困難。他湊足了學費，可是還有生活費要籌措。喝點酒可以壯膽，他實在不敢去偷第四次。

六十，八十，一百，警車在後面追，他的油門已經催到底，前面巷口跑出一個小孩。漆黑的雙眼瞪著他，咬剩一半的冰棒含在口中。他猛踩煞車。最後的記憶是迎面而來那塊限速四十的牌子，和電桿上的標語——天國近了。

不對，人死亡後還能回憶嗎？可是我若沒死，為何全身不能動彈？這一定是地獄！魔鬼不斷拿電鑽鑽我的頭，地獄之火灼燒著下半身，還有小鬼惡意地扭曲我的關節，戳刺雙手。我的心臟被千斤重擔壓住，胸腔灌滿了水，肚子也快爆炸了……白晝持續好久，漫長黑夜也過了，弟弟該順利畢業了吧！至少他不再是我的負擔……這不可能是天堂，小偷怎麼能上天堂？口好乾，想吃塊冰涼的蘋果……

「醒了，他醒過來了。」一個遙遠又陌生的聲音呼喊著。

「你很幸運，彈到草叢中。」

後背被手掌規律地拍打，那種疼痛是真實的，塞在氣管中的痰也是真實的。

「用力呼吸，你的肺臟破掉……」

「醫生快，他在抽筋。」

聲音逐漸淡去。

「不要亂動，點滴好不容易打上……」

咦，我不是死了嗎？

「謙謙，我是媽媽，你聽到沒有？」

不要叫我謙謙！只有爸爸可以這麼叫我，妳一向都叫我的全名。

「哥，你聽到沒有？」

「哥！」

「謙謙，握一下媽媽的手。」

……

漸漸的，瞳孔不再渙散，眼神也回來了。

他從不抱怨，因為喉嚨的開口與協助他呼吸的管子妨礙了說話的能力。他對飲食也不挑剔，因為從鼻胃管灌進去的液體是沒有味道的。當護士翻動他，幫他的臀部清創時，沒有哀嚎也無掙扎，癱瘓的下半身是沒有感覺的，而手臂打針時，那種疼痛還不及心頭之痛。

他緊閉雙眼，不肯回應家人的呼喚，因為從旁人的口中他已察覺，為了籌醫藥費，弟弟放棄了大學生涯，妹妹也去工廠上班，他還知道母親準備將水果攤讓渡給別人。為什麼會這樣？我只是想維持一個家呀！

「都幾歲了還做這種事，就像你那不負責任的老爸一樣，專把爛攤子留給我收拾……」

媽，要怎樣我才能讓妳滿意？

我盼望妳握著我的手已經很多年了，但絕不是在這種狀況下！絕不是！

我是家長，一個才剛成年的家長，我不要變成負擔，我還想上大學。我聽說有夜間部，國中的老師說他會幫我詢問。弟弟不可以放棄學業，我會戒酒找份工作的，我會找兩份工作的，妹妹也要讀書……小女孩，那個吃冰棒的小女孩怎麼樣了，她還好嗎？喔，不，我想起來了，機車撞到她，我已經拚命踩煞車了，那可怕的撞擊聲，鬆脫的髮帶……她被救活了嗎……不，不要幫我打針，我不是要爬起來，只是想知道……

深夜，機器規律地運作，發出單調的聲音。他望向右手，維持血壓的針劑掛在那邊。這段日子他靠著聽覺學到很多。呼吸器是生命線，但他搆不到，貼著紅紙的點滴瓶也很重要，尤其是像他這種敗血症的病人。

護士衝到三床急救，那是位中風老人，昨天查房時就說她快撐不下去了。人員全都過去幫忙。

他努力地彎曲手指……感謝復健師讓他恢復上肢的運動能力……勾到了，他將點滴管扯脫。

感覺中有液體流出來，好像汩汩湧出的血液……對不起弄髒了床單，但這是最後一次了。

我不要變成負擔，我是家長，知道何時該放手的家長。媽，我做對了嗎？

國家圖書館出版品預行編目資料

跳蚤醫院手記：澎湖醫生的妙聞奇遇 / 林義馨著.
-- 初版. -- 臺北市：商周出版：家庭傳媒城邦分
公司發行, 2008. 06
面；　公分. -- (ViewPoint ; 23)
ISBN 978-986-6662-75-1(平裝)

855　　97008654

ViewPoint 23X
跳蚤醫院手記（修訂版）：澎湖醫生的妙聞奇遇

作　　者／林義馨
企畫選書／徐藍萍
責任編輯／林淑華

版　　權／黃淑敏、翁靜如、林心紅、邱珮芸
行銷業務／莊英傑、周佑潔、黃崇華、張媖茜
總 編 輯／黃靖卉
總 經 理／彭之琬
事業群總經理／黃淑貞
發 行 人／何飛鵬
法律顧問／元禾法律事務所王子文律師
出　　版／商周出版
台北市104民生東路二段141號9樓
電話：(02) 25007008　傳真：(02)25007759
E-mail：bwp.service@cite.com.tw
發　　行／英屬蓋曼群島商家庭傳媒股份有限公司城邦分公司
台北市中山區民生東路二段141號2樓
書虫客服服務專線：02-25007718；25007719
24小時傳真專線：02-25001990；25001991
服務時間：週一至週五上午09:30-12:00；下午13:30-17:00
劃撥帳號：19863813；戶名：書虫股份有限公司
讀者服務信箱：service@readingclub.com.tw
城邦讀書花園 www.cite.com.tw
香港發行所／城邦（香港）出版集團
香港灣仔駱克道193號_ E-mail : hkcite@biznetvigator.com
電話：(852) 25086231　傳真：(852) 25789337
馬新發行所／城邦（馬新）出版集團【Cite (M) Sdn Bhd】
41, Jalan Radin Anum, Bandar Baru Sri Petaling, 57000 Kuala Lumpur, Malaysia.
電話：(603) 90578822　傳真：(603) 90576622

封面設計／朱陳毅
版面設計／林曉涵
內頁排版／林曉涵
印　　刷／中原造像股份有限公司
經 銷 商／聯合發行股份有限公司
新北市231新店區寶橋路235巷6弄6號2樓
電話：(02) 29178022　傳真：(02) 29110053

■2008年6月3日初版
■2020年2月17日二版1.8刷
Printed in Taiwan

定價300元

城邦讀書花園
www.cite.com.tw
 ISBN 978-986-6662-75-1

商周出版

廣	告	回	函
北區郵政管理登記證			
北臺字第000791號			
郵資已付，免貼郵票			

104 台北市民生東路二段141號2樓

英屬蓋曼群島商家庭傳媒股份有限公司城邦分公司 收

請沿虛線對摺，謝謝！

商周出版

書號：**BU3023X** 書名：跳蚤醫院手記（修訂版） 編碼：

請於此處用膠水黏貼

商周出版

讀者回函卡

感謝您購買我們出版的書籍！請費心填寫此回函卡，我們將不定期寄上城邦集團最新的出版訊息。

不定期好禮相贈！
立即加入：商周出版
Facebook 粉絲團

姓名：＿＿＿＿＿＿＿＿＿＿ 性別：□男 □女

生日：西元＿＿＿＿年＿＿＿＿月＿＿＿＿日

地址：＿＿＿＿＿＿＿＿＿＿

聯絡電話：＿＿＿＿＿＿＿＿ 傳真：＿＿＿＿＿＿＿＿

E-mail ：

學歷：□ 1. 小學 □ 2. 國中 □ 3. 高中 □ 4. 大學 □ 5. 研究所以上

職業：□ 1. 學生 □ 2. 軍公教 □ 3. 服務 □ 4. 金融 □ 5. 製造 □ 6. 資訊
□ 7. 傳播 □ 8. 自由業 □ 9. 農漁牧 □ 10. 家管 □ 11. 退休
□ 12. 其他＿＿＿＿＿＿＿＿

您從何種方式得知本書消息？

□ 1. 書店 □ 2. 網路 □ 3. 報紙 □ 4. 雜誌 □ 5. 廣播 □ 6. 電視
□ 7. 親友推薦 □ 8. 其他＿＿＿＿＿＿＿＿

您通常以何種方式購書？

□ 1. 書店 □ 2. 網路 □ 3. 傳真訂購 □ 4. 郵局劃撥 □ 5. 其他＿＿＿＿

您喜歡閱讀那些類別的書籍？

□ 1. 財經商業 □ 2. 自然科學 □ 3. 歷史 □ 4. 法律 □ 5. 文學
□ 6. 休閒旅遊 □ 7. 小說 □ 8. 人物傳記 □ 9. 生活、勵志 □ 10. 其他

對我們的建議：＿＿＿＿＿＿＿＿＿＿

＿＿＿＿＿＿＿＿＿＿

＿＿＿＿＿＿＿＿＿＿

【為提供訂購、行銷、客戶管理或其他合於營業登記項目或章程所定業務之目的，城邦出版人集團（即英屬蓋曼群島商家庭傳媒（股）公司城邦分公司、城邦文化事業（股）公司），於本集團之營運期間及地區內，將以電郵、傳真、電話、簡訊、郵寄或其他公告方式利用您提供之資料（資料類別：C001、C002、C003、C011 等）。利用對象除本集團外，亦可能包括相關服務的協力機構。如您有依個資法第三條或其他需服務之處，得致電本公司客服中心電話 02-25007718 請求協助。相關資料如為非必要項目，不提供亦不影響您的權益。】

1.C001 辨識個人者：如消費者之姓名、地址、電話、電子郵件等資訊。
2.C002 辨識財務者：如信用卡或轉帳帳戶資訊。
3.C003 政府資料中之辨識者：如身分證字號或護照號碼（外國人）。
4.C011 個人描述：如性別、國籍、出生年月日。

請於此處用膠水黏貼